歌飞太行

十字岭的山花

韩建忠 著

新星出版社　NEW STAR PRESS

图书在版编目（CIP）数据

十字岭的山花 / 韩建忠著. —— 北京：新星出版社，2023.12

（歌飞太行）

ISBN 978-7-5133-5387-8

Ⅰ.①十… Ⅱ.①韩… Ⅲ.①诗集-中国-当代 Ⅳ.①I227

中国国家版本馆 CIP 数据核字 (2023) 第 217202 号

歌飞太行
十字岭的山花
韩建忠 著

选题总策划	邹懿男	责任编辑	李文彧
特约编辑	唐嘉琦	责任印制	李珊珊
审　　校	王　颖	责任校对	刘　义
封面设计	雷党兴	装帧设计	宣是国际

出版人　　马汝军
出版发行　新星出版社
　　　　　（北京市西城区车公庄大街丙3号楼8001　100044）
网　　址　www.newstarpress.com
法律顾问　北京市岳成律师事务所
印　　刷　北京天恒嘉业印刷有限公司
开　　本　880mm×1230mm　1/32
印　　张　7
字　　数　20千字
版　　次　2023年12月第1版　2023年12月第1次印刷
书　　号　ISBN 978-7-5133-5387-8
定　　价　58.00元

版权专有，侵权必究。如有印装错误，请与出版社联系。
总机：010-88310888　传真：010-65270544　销售中心：010-88310811

太行踏歌行
——"歌飞太行"序

"太行天下脊，黄河出昆仑"陆游曾如此吟咏开天辟地之大美山西；"太行山似海，波澜壮天地"陈毅元帅路过山西即写出最长诗篇《过太行山抒怀》，隐喻了太行山和太行山人民对中华民族全民抗战做出的无与伦比的巨大贡献……历来，人们知道这里民风淳朴，民歌荟萃，小花戏、"左权开花调"成为国家级非遗，但是很多人可能不知，这里还有一群植根这片土地的诗人，他们在巍巍太行，行吟踏歌。我永远记得，太行山那个冬日清晨的暖阳。

2021年5月起，我在组织的安排下到左权县开展乡村振兴定点帮扶工作。2022年11月，左权县诗歌协会的同志约我在县文联一聚，因我在乡下距县城较远，手头事多且忙，诗歌协会的同志就将就我的时间，最后我们约定在周末见。那是11月下旬的一个周六早晨，我开车翻山越岭七十华里，早早来到位于左权县城辽阳街的文联办公地。文联原主席孟振先、办公室主任李婷婷、《左权文苑》执行主编乔叶老师，以及几位诗歌作者已早早等候。当我走进文联简洁的会议室时，一双温暖的大手立即把我握住，微笑着问候："楠杰书记来得早啊！""哦，张老您怎么也来了？"我惊讶地看见年逾古稀的张基祥老先生站在眼前，他编撰的《铁证》《碧血辽县》《抗战文化》等十多本书籍是左权一笔厚重的抗战史料和财富，我刚来左权不久就认识了他，一直很敬仰。见我有些惊讶，旁边的同志解释："您可能不知道，张老师是县首届作协主席，也是我们诗歌协会的大橡和核心哟，他听说您要来，一定要来见见您。"当时，一缕阳光从窗外斜照进来，金色的光辉洒在张老沧桑而和蔼的脸上，他正笑意盈盈地注视着我，双手柔软地握着我的手，我顿时感到一股温暖在传递——时空在此定格，记忆在此永驻，我记住了这一缕金色而温暖的阳光，记住了太行山这个冬日清晨的暖阳，记住了这一张张真诚、坦率、朴实而热切的笑脸……一上午，我们就着几颗花生、瓜子和热茶，谈起了左权的诗歌和他们的创作历程……

是年 9 月 18 日，左权县举行"辽县易名左权 80 周年纪念活动"，中国外文局副局长兼总编辑高岸明率外文局报道矩阵亲临左权并启动人民日报、光明日报、中国日报等央媒采风活动，活动中，我们中国外文局驻左权帮扶工作队向高局长汇报了左权县帮扶情况，呈上了县文旅局、文联等关于出版诗歌、非遗图书推进文化帮扶的请示，从那时起，左权诗歌协会诗集和其他两套丛书出版事宜进入了外文局的工作统筹，局办公室孙志鹏副主任曾在左权县麻田镇任职，热心而专业，他总在关键环节推动着诗集出版的工作，外文出版社、新世界出版社的责编们辛勤工作，都为了这几套丛书早日面世。因为，革命老区文化事业的发展也是乡村"五大振兴"的重要内容，是太行山乡村历史和自然风貌、太行山人心灵和情感源自灵魂深处的表达，需要汇入时代的洪流并展现给全中国、全世界的人们看，需要推介和宣传左权作为太行山上革命圣地"小延安"、鱼米之乡"小江南"、陆地桂林"最美太行"的山水人文，需要让更多的人知道这里人们的精神追求、心灵需求、最美风光，需要大家到左权来共同交流、发展，共襄乡村振兴之盛举！

左权这几年发生了巨大的变化，围绕"红色左权、清凉夏都、转型高地、太行强县"的特色乡村振兴日新月异，向国际国内展示着更美左权和更美左权人。韩建忠、乔叶、常丽红、李立华、于广富、刘利、崔志军、郝志宏、白帆这九位左权县的优秀诗歌创作者，正好从20世纪50、60、70、80、90年代依次递代生长，贯穿了社会主义建设、改革开放、现代化建设等阶段，共同汇聚于中国特色社会主义新时代，沉淀了几个时代的感受、思考和情怀，凝练了自身和时代共同经历的贫寒、苦痛、迷茫、欣喜、阳光和顿悟，伴随着时代一同发展和进步。九位作者，都生活在生产、劳动一线，而且多数都在为生活而苦苦地、匆匆地奔忙着，个别人生活尚处在基本温饱线，但他们没有停止精神的追求，没有放下善良和悲悯的情怀，没有抱怨命运的安排，更没有等靠要，而是努力奋发、自立自强，在各自的岗位上发挥特长、勤恳工作，而且保持火热、慈爱、奋进之心，带着精进的意志和思索、智慧的头脑，在太行大山上，在生活的征途中，踏歌而行。

　　实践的土壤给了他们创作的泉源，生活的磨砺给了他们不屈的魂灵，激发了他们创作的动力和灵感，九位诗作者向阳而生、用心比兴。乔叶，先天弱视，丈夫重病，一人扛起家庭重担，带着丈夫进城谋生，住过零下20多度的出租屋，在雇主家里做过保姆，在街头卖过包子，奋斗到今天，成为省作协会员、《左权文苑》执行主编；崔志军，做过农民工，做过厨师，后成为事业单位临时工并坚持创业，现为县诗歌协会主席；韩建忠，上山下乡当过"知青"，入伍四年三年班长，痴心红色文化宣传、剧本创作并颇有成效，多年来没有报酬却无怨无悔，而他充满感染力的朗诵传递着激情、热爱的家国情怀,不逊专业水平;白帆,晋中师范学院中文系毕业后立足自身专业,一边攻书法、写作,一边在工作之余创业,在地下室建了一个装裱店,可见他肩上的担子并不轻;郝志宏,历经村、乡、公安系统多个岗位,业余时间写诗,累且思考着、快乐着……九位诗人中,鲜有专业出身和传统意义上的文人诗人,仅有左权中学语文高级教师、中华诗词学会会员常丽红长期专攻古典诗词创作;东北师范大学中文系毕业的于广富,在高中系统参加过诗歌培训、大学时创办文学社,毕业后在机关从事文秘工作,并在新华社《对外宣传参考》做过编辑……专业人士寥寥,倒是生活的磨难从不缺席,感悟生活、思考生活的秉性也从不缺席……生活中所有的苦难经历和折磨,都不妨碍他们对于诗歌的追求,不妨碍他们对于生活的热爱、思索和表达……谁说,生活大学、社会大学、人生大学不是最好的诗歌培训课堂?谁说,生活、社会、人生不是最好的老师?正因于此,他们才更接地气,诗歌的形式才更加质朴、表达更加执着,向上生长的力量更加强大!左权中学物理老师刘利在教学之余"写心写情写这人间百态",他认为"诗是美的,诗是真实的,诗更是发自内心的""我妄图用最简单朴实的语言,表达内心里的种种,诸如爱、诸如恨、诸如忏悔、诸如怜悯、诸如思念、诸如纪念、诸如得失、诸如呐喊、诸如愿望、诸如希望……"当是这群太行行吟诗人的共同心声。

"梁志宏/手中捧着一束山花/这束满天星/等了他七十六个春夏/七十六年前/梁志宏的叔父十六岁/在这束山花旁/目睹了左权将军/在榴弹的爆炸中倒下"韩建忠《十字岭的山花》流淌着这座英雄城市对英雄的追忆和执着追求;白帆在《旧居里的木槿》旁浅吟低唱:"时常有人在左权旧居/游走或是停留/迎来送往的时日累积/茂盛着院里的两棵木槿/我站在树旁/嗅一瓣花的滋味/连同历史咀嚼入喉……""告诉我旧寨在哪里?/旧寨还远不远?/我家是旧寨哩,你知道不?"崔志军的《寄往旧寨》用一位坚守老人的话道出对历史和家乡骨子里的思念;"我又在联想/许是佳人思君,泪流成溪/桥边栽下相思树/多年后/君子成树/树成君子"郝志宏巡游山岗,见《那棵沙棘树》矗立清溪和石桥旁,顿生相思;而李立华在《所有升起都簌簌落下》中感悟"白云升起/雨簌簌落下……所有升起都簌簌落下"的世间循环大道;悟道"上善若水"的于广富则在《此刻,我只与月光为邻》中感悟:"水总是淡然而去/有很多的悲伤在微澜下面/激走,一些忧郁也在顺流而去/这样的时刻,总能让人的/内心,平静如水";感恩的乔叶在《六月的海》中描述自己不仅时刻保持一颗感恩的心,且因此"面前出现了真实的大海／展翅飞翔的海鸟、辽阔湛蓝的海水／我在欢喜中醒来／哦,海是书／书,是我的心"生出进取之心;而刚出版了《漱玉心莲》格律诗作的常丽红在《将军峰》中,以笔为刀为曾经横刀立马、带领八路军指战员浴血战斗在这片土地上的彭大将军塑像,虽弱女子却愣是刻画出铁骨铮铮:"他就是一座活的山峰／巍然屹立,铁骨铸就,铮铮似你／手执望远镜,观山河,誓补金瓯／观风烟,欲刃雠寇／观村庄,欲挽民出水火／凛然,凭谁敢来叩犯"!

……

诗言志,志为心声;歌咏言,言亦为心声。当"志"和"言"皆为心声之自然流露、嘹亮飞扬,并与天地之浩然正气、人间之沧桑大道汇成时代之滚滚洪流,左权诗人,在太行山上的行吟、踏歌,将响彻华夏大地!

同时,诗歌是文学皇冠上的明珠。需要不断精进、攀登,甚至向苦而进,向苦而精,才终将千年流传。今年9月23日,正值秋分之日,我从桐峪镇出发,徒步八个半小时、七十华里翻越海拔近1500米的土门岭走到左权县将军广场时,诗歌协会的诸位同仁早已在广场等候,对我说:"有志者事竟成!"其实,他们是说给自己的——有诗者,事竟成!

值此左权县诗歌协会诸君精雕细刻的大作

即将出版之际，再三嘱我为序，推辞不过，愿以此为契机，以"外文局人、左权人、工作队员"的三重身份——

感谢中国外文局领导、帮扶办和各位同仁对老区的全面关心、帮助、扶持，感谢左权县委县政府和各级同事为这片土地的殚精竭虑、团结奋斗。

感谢左权人民，在这两年多的帮扶工作中，给予我各方面的帮助和关怀，我真心感到革命老区"人人是教员、处处是课堂、时时受教育"，这座山和这座山上的人们对我的恩泽，一生感恩不尽、受益无穷。

感谢外文局驻左权帮扶队各位队友和社会各界人士，一同为革命老区脱贫攻坚、乡村振兴做出的无私奉献和一致努力！我们有理由相信：俗称"表里山河"的大美山西，在三千万三晋同胞和十四亿华夏儿女的共同努力下，乡村振兴将伴随中华民族伟大复兴的脚步，铿锵有力、踏歌而行！

是为序。

楠　杰
2023 年国庆

他为何作诗
——读韩建忠诗集有感

郭凯敏

近日韩建忠先生发来自己多年创作的诗篇,告知准备整合成诗集出版并期望我写篇序。

我随口就答应了。一是作为朋友的友情而答应;二是觉得自己也有感要发而答应。

我与韩建忠先生的友情源于一次由著名影视演员韩月乔女士牵头的、左权红色老区的采风活动。在那次采风活动中,他充满热情地给我们一行人讲解左权县的革命斗争历史,留下了很深的印象。尤其在杨家庄,他如数家珍地介绍了军民心连心、抗击日寇的那段可歌可泣的战地兵工厂的历史。他还津津乐道地告诉我们由于他和当地群众的坚持,保留住了杨家庄兵工厂旧址的原貌……这样就知道了他曾经在杨家庄生活过,还在左权县印刷厂当过副厂长、还创作了一部左权民歌剧《国槐树下》;这就使我们成了朋友。

他创作的诗作,我一一阅读后,有很多感触。诸多感触中"他为何作诗"尤为占先。借着作序的名义,也抒发一下自己的情志吧。

诗者,志之所致也。志向之广大,给予诗人的选择也是多样的。励志之、抒情之、嘲讽之、寓言之、批判之、致敬之……

读韩建忠先生的诗集有一种久违的致敬之感!

"主敬"虽是儒家思想的一条重要的伦理规范,却也是各大家不可或缺的文化规则。

敬是给予天文致敬,人文致敬及生命致敬!

他的诗集开篇一首《丁–304–……我生命中的符号》,以唐山大地震中部队首长的车号"丁–304"为醒目标题,书写了父亲的战友:"副师长是父亲的战友 / 他带着警卫员,夜宿唐山""三天后 / 瘫倒在地的孤儿 / 发现一行草绿色的卡车洪流 / 车上插上红旗 / 从东北方向 / 扬着尘土隆隆而来 / 白色的车牌 / 红色的编号 / 丁–304……/ 这是解放军救灾的队伍来了 / 这是十六军的指战员。"

诗人的视角,充满着敬意!给予拯救人民生命奋力的敬意、关爱的敬意!

《祖屋》:"村中的大山抱着我的祖屋 / 这个屋里四壁漆黑 / 在漆黑的墙壁上却破天荒地 /

在全村第一个粘贴了/共产主义领袖的画像/这张画像/是我们家的护家神。"

诗人怀着滚烫的真情抒发着黑暗中给予共产主义领袖的敬意!

诗人以如此的敬意诗篇折射出了华夏文化自强不息,天人合一的人文关怀;如此敬意的诗篇诠释着道德规范,行为规范的人文情怀。更是给予立党为公,执政为民的先锋理念咏怀。

诗人沿着致敬之路,给予敬地和敬生命的诗文创作。

《梨园口》:"面前是高山戈壁/西路军从这里走过/向东眺望/雪山在天边/我们鸣笛、脱帽、鞠躬、默哀/为一九三七年三月十二日凌晨/牺牲在梨园口的/两千名中国工农红军烈士/追魂/十天后我才醒来/故乡的和平与安详/真好"

饱含着敬地敬生命的真情诗句,读来入心、品来入魂!

《如果》《补丁》和《宣言之路2017,1,20》都饱含着对中国共产党的真挚情怀,读着如见其人,如见一位对党忠诚,对祖国和人民热爱的忠诚党员!

《一只烟袋锅》是诗人生活在杨家庄真实情感的诗作,读来尤其震撼,尤其难以忘怀。

"一只黄铜烟袋锅/锈迹斑斑/它被深埋地

下/整整八十年/它是十几位死难烈士/共同而唯一的陪葬品",开篇"一只黄铜烟袋锅"是十几位死难烈士的"共同而唯一的陪葬品"。这折射出战争残酷,条件艰苦,但诗人依然给予生命的致敬,给予读者震撼。一种诗人视角、诗人情怀、诗人激愤浓缩在寥寥几笔的诗眼中,给予读者无限的缅怀感、悲壮感、致敬感。"那时的中国/国土到处都在沦陷/中国已经难有几处可守的边关"诗人以直击人心的笔触,呐喊般警示着读者那一年中华民族的巨大危难。"确切说/就是公元一九三九年/八路军炸弹厂/进驻杨家庄一年多以后的/那几次的那几天/或许是黄昏/或许是夜半/军工工人们在煤油灯下/制作炸弹/制造枪弹……于是/一声声讨日寇的轰响/让我们在场的军工工人/英魂化作漫天彩虹/那一天的霞光/一定因为那片鲜红更加灿烂/还有的工人在炸弹试验场/收取试验数据/也不幸遇难/随着几次巨响/他们就在杨家庄的土地上长眠……"诗人用极为细腻入微的诗句,向在民族危难中奋力斗争而牺牲的华夏儿女们致敬:"一只烟袋锅锈迹斑斑/总有一天/我们会让一尊巨大的/铜鼎烟袋锅/安放在你们集体的坟前/每到清明/让铜鼎烟袋锅里/升起袅袅青烟/用它/来弥补你们的青春/让后人们赤诚的心/陪伴你们千年万年/让青烟/与

云霞相接 / 装点八百里威武雄壮 / 不老的太行山"。

  是愤怒出诗人，或是激情出诗人，都无法离开诗人的炽热的真情。阅读韩建忠诗集我感受到了这样的真情，也感受到了他为何作诗的真情！这样的诗需要生命历练方得诞生，这样的诗也是需要生命历练的感悟方得共鸣！

  这也许就是我欣然接受作序的真实动机。

  期望此序能作为韩建忠诗集推荐词，引发大家阅读，引领大家走进诗人天地，是为盼！

2023.3.5 北京

（作者系国家一级演员，导演，著名表演艺术家。）

目 录

宣言之路

丁-304-……我生命中的符号 /3
雪，下在正月十三 /8
红不落与丽山宫庄园 /11
祖屋 /18
十字岭遇雷雨 /22
盐工礼堂 /25
梨园口 /28
如果 /30
补丁 /32
宣言之路 2017.1.20. /34
一只烟袋锅 /41
让开（汶川大地震十年纪） /45
两双破旧的鞋 /49

四季歌

午夜元宵 /55
重阳 /56
二十四节气 /58
春·夏·秋·冬 /65

I

说秋 / 68
惊蛰节气 / 69
端午遐想 / 72

穿过成语

七情六欲 / 77
三十六计 / 80
苦·辣·酸·甜 / 90
风·雨·雷·电 / 92
十二生肖 / 94
酒色财气 / 98
刀光剑影 / 100
爱·恨·情·仇 / 102

眼见为诗

十字岭的山花 / 107
柿子 / 109
黎明三时 / 110
脱贫 / 111
礼物 / 113
垂钓 / 115
权威·评论 / 118
舞台 / 119
残房 / 121
两地对话 / 122
结伴 / 123

岗什卡雪峰	/ 125
起夜	/ 126
鬼针草	/ 128
地空两望	/ 129
晨行	/ 130
破灭	/ 131
出雁门关	/ 133
做祭饭	/ 135
又见霜花	/ 138
入宿日月星庄园	/ 140

思念与遐想

豆豆	/ 143
太北大姐照直走	/ 149
燕	/ 151
妻语	/ 153
炮	/ 155
猎狐	/ 157
不能便宜你	/ 160
书签	/ 162
十七岁我的一天	/ 163
二十年的思念	/ 167
儿化音	/ 170
鱼变	/ 171
老家	/ 173
重生	/ 177

人如一片风中的雪花	/ 179
网	/ 181
致所有大德凡人	/ 182
话乡愁	/ 184
信手左权风光	/ 185
距离	/ 188
碾道	/ 190
稍纵即逝的瞬间	/ 191
月夜思	/ 192
写在父母合葬三年祭	/ 194
合宁戏说朱元璋	/ 196

后记：我为什么要写诗

跋：歌飞太行情意长

宣言之路

丁-304-……我生命中的符号

副师长是父亲的战友
他带着警卫员,夜宿唐山
热浪滚滚的夜里
蝙蝠
在夜空中不安地飞翔
成群的耗子
在路灯下没缘由地逃窜
波涛般的鼾声
摆渡着城市睡眠的船

神话中的鳌
在地心里突然翻身、眨眼
大树在雷声中频频磕头
高楼在闪电中超过极限扭腰
城市面临着坍塌
被晃醒的男女
惊叫声海啸一样、飞向夜空

警卫员跳起来要用身体
保护副师长
副师长命令：卧倒！
匍匐前进！
目标，冲出宾馆！

他们，匍匐出了大楼
身后的大楼瞬间倒塌
副师长说：
唐山发生了大地震！
快爬到北京，向毛主席汇报……

地震把一个十三岁的儿童
从四楼甩出窗口落在地面
幸运的是，毫发未损！
但是他的父母
却留在身后的废墟里
杳无音讯
无助的他哭喊着哥哥和姐姐
呼唤着父母双亲
嗓子早就哑了
哑了三天
他的姐姐和我同年

三天后

瘫倒在地的孤儿

发现一行草绿色的卡车洪流

车上插着红旗

从东北方向

扬着尘土隆隆而来

白色的车牌

红色的编号

丁-304……

这是解放军救灾的队伍来了

这是十六军的指战员

孤儿爬到路中间

截住救援的车流

首长跳下车抱起孩子

孩子问到

叔叔,你们是十六军的吗

首长诧异地问

孩子,你怎么知道的

孩子说丁-304 牌号的车

是我爸爸老部队的车

我爸爸是苗……

首长颤抖着问

是苗处长吗?

孩子点头、流泪、不语

用小手指着废墟说
他们埋在这里

首长流着泪
向着队伍大手一挥
停止前进，就地搜索救援
散开的队伍里
战士们用双手
扒着废墟的瓦砾
鲜血顺着砖瓦流淌
有群众得救了
有孩子得救了
尽管有的人已经肢体不全
苗处长
我们曾经的苗叔叔夫妇
把自己融入进
旧唐山的烟尘中

丁-304告别唐山的时候
身后悄悄隆起一座新的唐山

副师长的车号
丁-304……
爸爸部队的车号
丁-304……

我们大院的车号

丁-304……

嵌入我生命中的符号

丁-304……

辉煌不败的铁军

勇士部队

永不磨灭的车号

丁-304

雪,下在正月十三

雪
下在二〇二一年农历
正月十三
忙了一天的人们纷纷说
这雪下得好
雪盖墓必定富

下午
房后的邻居
因病故
出殡后被埋在了大雪之下

雪
像极了裹尸布
覆盖了失火的山梁
焚烧过的黑色罪恶
被漂的
洁白如玉

雪
是特意过来开人们玩笑的
若是早三天来
太行山最少要多绿一年
阴森森的白
就是过来冻住人心的

雪
降低了能见度
透过风雪
迷蒙中勉强还能分辨出庙沟村的庙

一千年以前的山神庙
庙外的草料场
在风雪中化为灰烬
雪是压不住火的
陆虞侯和林冲
在一场泼天大雪中
对决出天地英雄

三天前应该有的这场大雪
没有按时过去
却在今天铺天盖地
覆盖着墓
覆盖着曾经的陆虞侯

我们知道
三天前放火的
一定不是陆虞侯
但是在三天前的火场里
却倒下了一位
救火的英雄

红不落与丽山官庄园

你的名字
没错,姓国,国家的国
国和平
最高学历,初中
一位品学兼优的初中生
止步在高中门外
原因是,家境贫穷

读初中
正是春风般的年龄
你的心里
却鼓荡着瑟瑟秋风
你不愿看到
父亲总是花费几天的时间
背着硕大的口袋
逐村挨户地卖粮
他把近似乞讨换来的
一把把零钱
捏在满是泥土和汗渍的手里

供自己读书
初中毕业你选择与命运抗争

于是
你几十家亲戚
上百个家庭
挨家挨户地借
借了几十把零钱
买了一辆破旧小四轮
开着它踏上谋生的长征

秋风追逐着春风
酷暑替换着严冬
拉矿石、打矿洞
长途跑车跨省出境
遇到断路开车绕行
进入坑道匍匐侧行
有了泪水
不让它流出眼窝
浑身汗水
任它恣意横行
你的文凭是半介书生
因为你还在求学的年龄
你的身份是半介矿工
少年的你和汉子们硬拧！

二〇〇六年
二十几岁的你
相貌依然是那样的羞涩
可在你的囊中
已经不再羞涩
你从小的志向
要照顾像父亲一样的
众多老农
没人相信
你会放弃日进斗金的矿区
买下几个空壳农村
扑身没有人烟的山中
带着几十个老农
把废弃的荒山开垦、翻耕

两千亩荒山
磨短了多少铁锹头
橛把震断了多少根
最终啊，两万棵果树
把"莲花岩"装点得郁郁葱葱
你为左权庄园经济的发展
播下了火种

二〇一二年

二〇一四年

你又在三里庄和上武村

开始了农业致富的憧憬

走别人没有走通的路

敢于攀登别人没有攀上去的高峰

新的试验、新的冲动

新的领域、新的强攻

重新做起重新突破

把苹果树矮化

把果树装在盆中

这里是微缩的果园

这里布下宏大的盆景

二尺高的果树

结满了硕大的苹果

香飘十里

红红彤彤

有多少附近的农民

向你学技术、当果农

丰收的喜悦

让他们把双眼笑成两条缝

二〇一五年初冬

你又把视野瞄准了农业功能

这时的功能农业

正在把农业产业调整

你从农村来

你又回到村中

出村时你赤裸着思想

像一只出窝的雏燕

回村时你有了强壮的翅膀

你立志成为一只雄鹰

起飞在平野,落脚在高峰

你的家在桐峪西岐

背靠着雄伟的丽山宫

集中起父老乡亲

传播富硒知识

在山坡上撒下富硒的良种

你说

要让普通百姓吃得起富硒粮油

远离癌症

让农产品含硒

让农产品负有健康的功能

健康父老乡亲

成了你追求理想新的梦境

你栽的苹果树

结出的果实
因为跨年度依然还在枝头
仍然通红
所以
你的产品统称"红不落"

红不落
象征着生命的火红
丽山宫庄园
成了你新庄园的姓名
丽山宫
正在铺展开功能农业的
一卷新风景

居高望远的丽山宫
脚下是发展的西峣村
还有贫困的马家坪
开发马家坪
是国和平一衣带水浓浓的乡情

六十位贫困的乡亲
学会了果树栽培
脱贫的道路渐渐铺平
联手西峣开发马家坪
携手苇则村壮大丽山宫

把富硒的粮食种满山沟

让红不落的瓜果

把千亩荒坡渲染成

可以行车走马的

水墨丹青……

祖屋

在杨家庄古村
我们韩姓是孤门小户
父亲和他的哥哥姐妹们
出生在这个小黑屋
推开房门
屋子里还装满着
父辈们说话的音声
声音中又夹杂着
爷爷奶奶对话说的全是
武乡县的外地方言
在这些嘈杂的话语里
开始说的都是吃不饱穿不暖的怨恨
最后都是
对八路军、共产党的感恩

最揪心的是奶奶
不知小儿子是否还活在战场上的
哭声

祖上
逃荒而来
屋里只生活了两代
共九口人
如同他们逃荒而来的突然
后来全部又在瞬间
悄然而去
只剩下屋里的故事
渐渐被风干

祖屋后墙是山
山的脚下是干河滩
河滩对岸是祖辈的坟茔
祖坟，高得也像山

在杨家庄古村
所有的房屋都建在地面上
唯独我的祖屋
却建在高坡的地下
后墙和右女儿墙
都是山
土是山的肌肤
石头是山的骨头
祖上的老屋
紧紧靠住山的脊梁

房顶就是行人走的路

祖屋

成了大山顶上补丁一样的

一片皮肤

这座比山神庙还破的祖屋

没有突出屹立在山坡上

而是被大山怀抱着

因为，它要倾听大山的心跳

由于它被大山抱在怀中

以至于有人走到你的门前

不得不口中喘着粗气

双腿战栗的

仰望而来

在杨家庄古村

村口屹立着一座六百年的山神庙

山神庙供奉着一尊成了仙的山神

村中的大山抱着我的祖屋

这个屋里四壁漆黑

在漆黑的墙壁上却破天荒地

在全村第一个粘贴了

共产主义领袖的画像

这张画像

是我们家的护家神

祖屋前
行走着我的探寻

祖屋的门好像在开口说话
冥冥中,好像爷爷奶奶
还在用武乡口音
和地主吵架
好像姬河得与杨高祥
还有我的二大爷
他们在屋里开地下党的支部会

屋里一声叹息;
唉!
村子保不住啦!
兵工厂搬走了
日本鬼子没烧完的房屋
正在盯着眼睛看

推土机低吼着
吐着黑烟
冲上来了
……

十字岭遇雷雨

我带着一支游客队伍
上了十字岭
坐车直达

白云下
山岭翠绿
我们集体
伫立在左权将军雕像前

这支队伍在广场集中
乌云在头顶越来越浓

在乌云下
我讲述 1942 年 5 月 25 日突围
我讲警卫连长唐万成
被左权将军用枪顶着头
逼着他首先掩护彭德怀撤退
我讲左权将军牺牲
我讲 77 年后

左权将军的女儿左太北

在北京刚刚火化

也许将军的英魂和女儿

在十字岭相聚

也许是唐万成驱来雷雨要浇灭战火

也许是我的泪水感动了天地

久旱的十字岭

雷雨交加

鸡蛋大的冰雹倾泻而下

像是从天上倒下来的

一片白菊花

这支队伍为党日活动宣誓而来

誓言诵读声伴着雷雨共鸣

闪电

从南到北、从西到东

经过头顶像一张闪亮的火网

它们抖动穿梭着

编制着刺眼的电的网格

闷雷，像旋风

围着纪念亭呐喊奔腾

像是为将军招魂

这支队伍

是一支干净的队伍
干净得像当年的八路军
这支队伍里边
也许没有贪官
也许没有污吏
也许没有人受过贿

因为
没有人在雷电轰炸下遭到
雷劈

盐工礼堂

在青海茶卡盐湖
在雪一样的世界里
一眼就能认出
这是五十年代的建筑

一座灰色的礼堂
安坐在蓝天白云之下
挺立在
碎玉铺就的大地之上

建筑物的门楣正中
镂雕着四个繁体大字
"塩工禮堂"
这是历史遗迹
它像一方铁印
四四方方
稳稳当当
它见证了盐湖的今昔过往
茶卡盐湖的挣扎与兴旺

礼堂里
曾经欢聚过祖孙、父子几代人
由上千人组成的几代人
在里边开会、看戏、看电影、开批斗会
还有掺杂着刺鼻烟味的话痨

盐工礼堂亲眼见证
这里的曾经
千畦盐池田字格一样
分布在盐湖四岸
盐池里千人劳作
像牛一样耕耘
聚水
日晒
积淀
拉耙
堆山
装车

手中的工具是上千年的
铁耙
铁锹
铁漏勺
使用它们的人
是铸铁一样的一群盐工

他们劳作的汗水滴落在盐堆上
人们口中的咸盐
也因此增加了一份
带有人体汗味的咸

盐工礼堂
把所有的故事
都装在了它心里头
时代场景变了
当年成千上万人喊出的劳动号子
换成了
无数声的赞叹和来自
五湖四海的欢乐
铁轨上的小火车
承载的不再是白色无言的盐
而是听不烦看不厌的
笑语欢歌

塩工禮堂与盐工礼堂
字体不同
历史不同
生产方式不同
生活方式也不同
四个字，像一方铁印
鉴证着历史
从不同走向大同

梨园口

两面嵯峨的山
山体类似黄沙、掺杂着暗红
周围没有一棵草
只有山在风中摇曳

这里叫"梨园口"
位置在张掖、临泽
山上山下没有一棵树
没有梨花更没有梨园

梨花是白色的
这里只有地下的两千具白骨
是白色的

两千具白骨
西路军将士的白骨
是他们的鲜血染红了黄沙
是他们的白骨装饰着
地域名称的梨花

我走下车

莫名地号啕大哭

然后哑声于曾经的战场

我意会里搜寻着匪军的骑兵

我的心开始下沉

下沉到

身体向大地匍匐

面前是高山戈壁

西路军从这里走过

向东眺望

雪山远在天边

我们鸣笛、脱帽、鞠躬、默哀

为一九三七年三月十二日凌晨

牺牲在梨园口的

两千名中国工农红军烈士

追魂

十天后我才醒来

故乡的和平与安详

真好

如果

如果太行山是我的父亲
我恳请您解开衣扣
让左权将军走出来
再领导一次百团大战
我会像当年的老百姓
提一篮子煮熟的鸡蛋
慰问子弟兵

如果太行山是我的叔父
我请求您
打开一道地缝
让何云等记者们站起来
再写一篇战地报告
汇报给毛主席
我将像重庆街头的报童
在大街小巷呼喊、奔走

如果太行山是我的表叔
我求您为大地开一扇门

让当年的兵工烈士
和陕北的张思德一起走来
让历史告诉我们说
你们的历史
用你们的赤胆忠诚
证明你们是为民族生存牺牲的英雄
我将咬断食指
用鲜血书写你们的业绩
让人们到历史丰碑上
寻找你们的姓名

如果太行山是我的前身
我将崩塌我的身体
用我粉身的碎石
为天下所有正义的人们
立碑

补丁

主席的裤子
双腿膝盖打着补丁
女红的手艺，细腻工整

身后是延安的窑洞
面前围坐着八路军子弟兵
他屈指细说着
中华民族绝不会亡族灭种

不论这两块补丁出自谁手
我都想伸出双手去抚摸
抚摸这两块傲视世界的
补丁
把面颊贴在上面
任眼泪流淌轻轻

这两块挺立的补丁
扶正了中华民族的脊梁
黄土高原传响起

东方红的乐曲声声

高亢嘹亮的乐曲
从延安窑洞飞过崇山峻岭
从救国战争到唤醒世界和平
一直回荡在劳苦大众
人民的心中

历史将永远记住
正是有了这两块补丁
中国
才能在天地之间
稳稳地支撑

两块补丁
两块女娲补天的补丁

宣言之路

2017.1.20.

一个幽灵
共产主义的幽灵在欧洲游荡
这是一百六十九年前
马克思在人类史上第一次宣读《共产党宣言》的
前言

一声炮响
阿芙乐尔巡洋舰炮轰了冬宫
俄国工人阶级簇拥着列宁
欢聚在克里姆林宫的广场
这是整整一百年前
共产主义理念献给"英特纳雄奈尔"旗帜下
建立起第一个社会主义国家
礼炮的轰鸣

一条红船
中国共产党的创始者们
秘密聚会在波涛之上

向五千年历史的黑暗夜空投下了一颗
照亮文明进步的火种
这是九十六年前
毛泽东和他的战友们在嘉兴南湖解开了
扬帆远航驶向大洋的缆绳

一个村庄
诞生这样一个决议：确立党的绝对领导
把支部建立在连上！
中国革命才不会偏离方向
这是八十八年前
在一个叫作古田的村庄
共产党在迷雾中开始了真正的领航

一孔窑洞
速胜是不切实际的空想
速败是不抵抗政策民族的忧伤
只有坚持
只有动员全民族力量
抗战才有希望
这是七十八年前
在延安的一孔窑洞里
诞生了《论持久战》的著名篇章
世界反法西斯战争有了正确主张

一个战士

他死在了工作岗位

他长眠在黄土高原的原垅

他的死比泰山还重

那是七十二年前

在纪念张思德同志逝世的追悼会上

我们党最终确立了她奋斗的宗旨

为人民服务五个大字

悬挂在了

人民心中的殿堂

一座城楼

有一个人屹立在天安门城楼

他是党的舵手

他是军队的统帅

他是人民的领袖

他挥动着扭转乾坤的巨手高呼着"人民万岁"

人民万岁的口号响彻宇宙

那是六十八年前

人民共和国成立

毛主席宣布

中国人民不再受三座大山的压迫

从此

站起来了

一份协议

我们的战神元帅威仪地签上他的名字：彭德怀

这是六十四年前

新中国以穷国哀兵之师挥剑

迫使世界最强大的帝国美国

代表十八国联军

在朝鲜战争《停战协议》上

落下败战的记录

中国

一扫百年弱国的耻辱

从此

任何一个所谓的强国

再也不敢把铁蹄踏入中国

一步！

一颗星星

一颗叫作"东方红"的人造地球卫星在遨游太空

这是四十七年前

中国人顶着压力

打破封锁

成功地把自己的卫星发射到太空

银河

浩瀚的银河增加了一束流动的光明

是"东方红"让全世界

仰头看中国

一张白纸

上面摁着十八个鲜红的手印

中国开始全面实现变革

那是三十九年前

在安徽省凤阳县小岗村

拉开了一轴

全面改革开放的历史画卷

一个会议

扎紧制度的笼子

党在觉醒

制度在觉醒

纪律在觉醒

觉醒的干部开始懂得

一个党员一定要不能贪、不敢贪、不想贪!

多少违法违纪者

在铁窗内一夜愁白了头!

悔恨的泪水日日从心底流

这是五年前

党的十八届全国代表大会

揭开了政治体制改革崭新的一页

全国人民为之喝彩拍手

仿佛六十五年前镇压刘青山、张子善的枪声

又一次回荡在神州

一个核心

九百六十万平方公里的土地上

党的威望得到党政军民的一致公认

那是八十四天前

经过时间的考验

经过斗争的洗礼

经过全党的赞许

经过全军的检验

经过人民的审核

我们确立了新的领导核心

一个梦想

让全世界再次对中华民族仰望

这是中国共产党诞生之初

在南湖红船上就发出的畅想

这是党的初心

这是中国人民共同的美好梦想

八千七百七十九万三千

这是全中国共产党党员的总数

他们遍布在祖国的蓝天下

他们成长在祖国的大地上

这里有我

这里有我们

八千七百七十九万三千人

八千七百七十九万三千颗心

我们有共同的誓言：

　　我志愿加入中国共产党，拥护党的纲领，遵守党的章程，履行党员义务，执行党的决定，严守党的纪律，保守党的秘密，对党忠诚，积极工作，为共产主义奋斗终身，随时准备为党和人民牺牲一切，永不叛党。

　　　　　　　　　　宣誓人：韩建忠
　　　　　　　　　二〇一七年一月二十日
　　　　　　　　　农历腊月二十三
　　　　　　　　　　　　小年
　　　　　　　　　　　　节气大寒

一只烟袋锅

一只黄铜烟袋锅

锈迹斑斑

它被深埋地下

整整八十年

它是二十几位死难烈士

共同而唯一的陪葬品

它属于二十几位无名的男子汉

它是共和国民族抗战史上

闪烁民族气节的珍贵遗产

那时的中国

国土到处都在沦陷

中国已经难有几处可守的边关

尸陈千里泪满眼

万人坑星星点点

一望无际是焦土

千村万户绝炊烟

在日寇最为嚣张的时候

有几声震天的轰响

敲响了日寇走向灭亡的丧钟

民国二十八年四月初一
民国二十八年六月二十六
再加一个六月二十八
六月二十六
还有二十多个
已无记载可考的
民国某年、某月、某日
确切说就是公元一九三九年
八路军炸弹厂
进驻杨家庄一年多以后的
那几次的那几天
或许是黄昏
或许是夜半
军工工人们在煤油灯下
制作炸弹
制造枪弹
也许是一个喷嚏
也许是一只蚊蝇的振翅
让不可见的火药粉尘
扑向煤油灯的火源
于是
一声声讨日寇的轰响
让我们在场的军工工人
英魂化作漫天彩虹
那一天的霞光

一定因为那片鲜红更加灿烂

还有的工人在炸弹试验场

收取试验数据

也不幸遇难

随着几次巨响

他们就在杨家庄的土地上长眠

从此

杨家庄的沟壑坡岭

就成为有幸的万古青山

这只珍贵的烟袋锅

是唯一的奢侈品

陪着二十几位烈士在这里长眠

它见证了杨家庄炸弹厂在这里

轰轰烈烈

艰苦异常的九年

是在工友们的锤夯里

是在八路军的哨位边

是杨家庄家家户户灶膛的炊火

让他们的尸骨从来未寒

巡着这只烟袋锅

让我们记录下还能看到的

三位烈士的名字

河北省束鹿城北南四塚村的陈有信

河北省衡水县许家庄村的许寿朋

河北省深泽县城南河庄村孙慎言

还有一位小军工
已无法再次找到他的墓碑
但我们记住了曾经的记载
山西平定县人
历史记录了他在这世上
只生存了十六年
一只烟袋锅锈迹斑斑
总有一天
我们会让一尊巨大的
铜鼎烟袋锅
安放在你们集体的坟前
每到清明
让铜鼎烟袋锅里
升起袅袅青烟
用它
来弥补你们的青春
让后人们赤诚的心
陪伴你们千年万年
让青烟
与云霞相接
装点八百里威武雄壮
不老的太行山

让开

（汶川大地震十年纪）

让开

让开！
他们集体背负着民族的希望
扑进去走过来
这支军队
面对一切困难是如此豪迈

"4·12"白色恐怖镇压
让开！
南昌城头机枪的火舌
让开！
"五次"围剿的绞杀
让开！
大渡河烧红的铁索
让开！
白雪皑皑雪山的寒冷
让开！

茫茫草地的饥饿

让开！

腊子口凶猛的阻拦

让开！

平型关倭寇的铁蹄

让开！

九路进攻铁壁合围

让开！

大别山立足的艰辛

让开！

打过南京的长江天险

让开！

十万大山西南顽匪

让开！

鸭绿江边的骑一师

让开！

麦克马洪防线的蚕食

让开！

撕毁合同的核讹诈

让开！

卫星发射的重重难关

让开！

唐山大地震的残垣断壁

让开！

汶川地震的山崩地裂

让开!

一声让开
是胆量
是豪迈
是责任
是气概

在汶川大地震中
还有另一种"让开"
呼喊"让开"的依然是我们的子弟兵

他们抬着担架
担架上是刚刚从废墟里抠出来的三岁女孩
担架队伍前面是余震的摇晃
还有无法看清的人山人海
为了一个弱小的生命
他们排山倒海般地大喊
让开!
让开!
让开!

这次让开的却是共和国的总理!

总理

默默地向一旁让开

飞身而过的
是人民军队担架队的呼喊
一声又一声的让开
像是接力赛

在共产党人面前
在人民军队面前
所有的血雨腥风
所有的艰难困苦
所有的封锁压迫
都在"让开"的呐喊中
让开——

两双破旧的鞋

两双破旧的鞋
都蒙着八十年的风尘
静静地注视着玻璃柜外边的我们
它们鳄鱼般张开的大嘴
仿佛正在对我们诉说

一双鞋指着它的邻居对我们说：
我的下面是
两万五千里万水千山
我身上每一条草辫里
都积攒着
井冈山的红土
于都河的露珠
湘江炮火的血迹
泸定桥的铁锈
雪山的寒冷
草地的饥饿
吴起镇会师的狂欢
太行山杀倭的呐喊

我是三万伙伴中的一员

在我之上

是青春

是热血

是中华民族的希望

我看到了我的主人们

在招展的红旗海洋里

登上了朝霞万里的天安门

我是一双破旧的草鞋

我骄傲!

另一双发黄泛黑的翻毛皮鞋

褶皱着脸面

像瘪了气的茄子

虽然隔着玻璃

仿佛还能闻到它的恶臭

望着草鞋邻居

它耷拉着头低声说

别人叫我们是"铁蹄"

叫我的主人是"东洋"鬼子

我的掌下污浊了太平洋的海水

玷污过雪白的长白山头

践踏过美丽的旅顺口

踢开过数不清良家百姓的"绣楼"

关东之外成了我抢来的故乡

卢沟桥上我编造了血洗中华的理由

花园口决堤的黄河水

没有阻止我继续东侵的步伐

南京血海染红了我里边的趾头

我的下边也曾白云悠悠

透过白云我踢开了飞机弹仓口

扔下了数不清的炸弹

轰炸了南京

轰炸了上海

轰炸了长沙

轰炸了重庆

轰炸了不足几平方公里的延安

也轰炸了珍珠港战列舰的豪华码头

正在我趾高气扬的时候

我遇到了它

它看了看邻居草鞋

更深地低下了灰头土脸的头说

它的主人~八路

从此我再也抬不起头

一双鞋从红土地走向黄土地

迎来光明解救了伟大的民族

一双鞋从倭居踩着其他民族的血迹

从嚣张走向灭亡

两双破旧的鞋
静静地比邻而居
辉煌的自辉煌
哀伤的照哀伤
它们
走过的路不一样

它们静静地不动
脚下的历史长河
在静静地流淌

四季歌

午夜元宵

踏遍城郭
千堆篝火凉彻
冻散三关社火
车行如舟
月明街阔
子夜阑珊灯火
金灯挂枝玉珊瑚
行人寥寥东风弱
沙河陌巷
有人细语轻说
三两佳人
貂裘掩婀娜
玉指巡空
舒袖向恒娥
稀疏爆竹
风铃摇夜色
冰河踏雪群山寂
背一轮明月
西门外
过了护城河

重阳

昨日斜雨挽夕阳
远了山西
近了潍坊
浓了海浪
淡了山苍

今日暖阳
枫红
桦白
秋菊黄
思友远眺登高岗
一劲罡风扫重阳
云横
天蓝
稻谷黄
行客加衣裳
伊人何处话衷肠

天下尽重阳

醉翁酒仙话短长

着意写秋风

抒情唱秋凉

恩师北上

又念同窗

虽各天南地北

心仍结对成双

同晚赏残阳

共照两鬓霜

挑灯更进千杯酒

醉里携她入陌乡

耳热

天凉

不在乡音处

明月即将跃大江

二十四节气

立春
立春时节烟火燎
正腊两季轮迟早
几次三番油锅热
地未解冻雪未消

雨水
说是雨水雨难来
崇山峻岭一片白
待到黄河奔涌时
才见飘摇雨帘开

惊蛰
冰河炸裂万物惊
蛇出冬眠熊罢醒
绒绒细草刚显绿
积肥入地车马行

春分
游人赏梅梅不语
暗香浮动清风徐
刨茬打坷上阳坡
备好耙耧待开犁

清明
时风时雾时雪雨
时寒时冷时减衣
伤心就在此时节
存粮不足难度饥

谷雨
播谷入限争分秒
疲牛唯恨布谷鸟
一日延宕阻风雨
贻误耕种春即消

立夏
野韭小蒜灰吊菜
嫩柳茗苗上锅台
非是农人不食粟
昨年口粮看口袋

小满

南雁北归在小满
扑天飞地鸟来全
一湾浅水可垂钓
蛙声渐频吵夜半

芒种

旱涝不保禾苗齐
秋野不让白地皮
大节抢种乱点苗
开镰也收三两粒

夏至

赤臂裸膀小布衫
檐底树上小伙伴
柳叶做笛相约去
河面许多屁股蛋

小暑

锄禾正在辛苦时
三铲三蹚不宜迟
间苗疏密当有度
丰收欠产心已知

大暑

石锁铁枪起落间
内功外劲出透汗
夏练三伏暴日晒
吃苦秘籍可外传

立秋

初秋到时暑未消
赤日依旧似火烧
突然一夜凉意至
蝉声渐远云已高

处暑

处暑季节瓜正甜
操刀掀秧逐个翻
不与路人多废话
我捧瓜儿你给钱

白露

天不下雨晨草湿
行走草莽折树枝
左扑右打去露水
打草惊蛇是常识

秋分
收罢核桃再采榛
中秋前后月饼分
一碗羊肉壮秋膘
镰刀挂墙不安稳

寒露
知了不鸣变蝉蜕
蚊虫不再嘤嘤飞
镰刃飞舞向怀处
囷仓日见往上堆

霜降
白露不化已成霜
山色渐灰树渐苍
夜闻雁叫向南去
日钓秋鲤身加裳

立冬
秋风来去引冬云
漫坡荒草肥羊群
放牧噘口哨声呼
前晌山坡暮归村

小雪
雪霰零星河水冷
日难驶舟夜不行
若得一日北风劲
檐角已挂三尺冰

大雪
黄河浪涌冰排至
黑水雾凇无言诗
大雪未必纷纷落
铺天盖地会有时

冬至
双手捂耳须防冻
未见扁食肚已空
猪羊声声哀嚎里
满桌珍馐酒香浓

小寒
身背肩篓手持铲
牛羊马粪随手捡
北方河泥挥镐挖
备足肥料为明年

大寒

杀猪宰羊磨豆腐

外出游子踏归途

家在何处何处暖

开门迎春无大寒

春·夏·秋·冬

春
东风渐劲冰河开
万马奔腾流冰排
河水涌涛游鱼动
云端一声雁叫来

夏
桃杏红粉才化泥
梨花满枝蜂采蜜
山韭小蒜蝶亦顾
溪旁田垄牛牵犁

秋
白桦黄叶雪托金
苍山红枫风摇林
蝉鸣渐稀螳螂尽
草枯叶落见羊群

冬
平野风袭飞鸦旋
枝头呼哨天地寒
夜来飞雪窗外落
两行兔蹄入深山

风
树见俯首甘为臣
越上云头任翻滚
平湖推起千重浪
轻轻徐来亦可人

花
柳枝先弱招风来
千姿百态笑面开
非是蝴蝶不识趣
乱香丛中怎徘徊

雪
来时无声落无痕
错认玉皇撒碎银
又道蔡伦铺宣纸
不敢泼墨寻画人

月

时把浓云做遮羞
因有嫦娥藏宫楼
偶揭帷幕窥下界
多少俊男望月楼

说秋

盼秋
怨秋
恨秋
淅淅沥沥风携雨
无止无休
直落心头
落叶八荒随风去
百语难解千年一个
愁

喜秋
唤秋
挽秋
赤橙黄绿青蓝紫
白云横流
大地锦绣
雁阵晨语催农夫
祖祖辈辈最忙一个
收

惊蛰节气

节气
好像跟气节无关
惊蛰的早晨
休眠了整个冬眠期的动物
还有植物
应该争着抢着
去呼吸第一口新鲜的空气
早早的
睁开双眼
看看他们久违的世界
不需要彬彬有礼
只管活动着四肢醒来
包括思想

而我
好像是替休眠者站岗
他们还有它们
在睡意最为深沉的时候
我却每天凌晨起床

在客厅里走走

在床上想想

在写字台前发呆

或者听听翻书时纸张的脆响

可是今天

他们都在伸胳膊伸腿的时候

我却

迟迟醒来

在枕头上猛烈地

打了十几个响亮的喷嚏

然后喃喃自语

今天惊蛰

惊蛰

所有该醒的都醒了

唯有他们永远无法醒来

我那长眠坟塚的

父母

还有

雪山草地

湘江赤水

太行焦土下面的累累白骨

他们不能

披着带血的战袍醒来

看看这
应该惊醒万物的
惊蛰的清晨

端午遐想

冒着雨水
采一束艾叶
艾叶共我落了一身
天上的泪

饮一杯雄黄
顺着喉咙下沉三千年
节节处处
有滋无味

借百鸟一羽轻翅
飞过洞庭
巡那汨罗江的首尾
再借江鲤一片金鳞
逆流下沉
找那江底的巨石

与石相见分外眼红
是哪一块愚石

陪着三闾大夫
一同纵江沉坠
找到你
把你砸得粉碎

撕一线桑麻
织一张渔网
截住无情的
汨罗江水
连同河泥一起打捞
找不到屈原真身
也要捞得两岸诗稿

是因了
五月五的忠贞
成就了
趋吉避凶的艾草
是因了
屈原的铮铮傲骨
圆满了
百毒不侵的雄黄
那时
法海尚未出家
白素贞
还在深山沉睡

擦干天上的落泪
门上插一株
趋吉避凶的艾草
温一盏
百毒不侵的雄黄酒
借一瓢汨罗江水
煮熟一锅
传说中的粽子
剥开尘封千年的芦苇
弥漫满屋的
是《离骚》《楚辞》的芳菲
粽叶里还包裹着
历史的真伪

穿过成语

七情六欲

纵论
七情六欲住心房
不可轻易露行藏
过多表现在脸面
内外夹击受七伤

喜
人神共欲闻喜言
喜讯来时攀眉上
若不及时收入腹
中了举人挨巴掌

怒
怒目诱发心生牙
凡事发火不堪夸
红颜一怒成贰臣
气大更伤自家身

忧

何事才能使人忧
事不关己自寻愁
反反复复成心病
阳刚自此渐渐休

思

聚散离合得与失
来去由他莫多思
不能得志不郁郁
思前想后绊脚石

悲

否极泰来界点悲
遇悲不可万念灰
可悲之处是心死
雏鹰破壳奋力推

恐

行不为己办事公
人若澄明无事恐
光明磊落无畏惧
泰山耸立不老松

惊

不是被惊莫自惊

意定不怕泰山崩

只要心中不藏鬼

百会收神魂自宁

三十六计

总叙
三十六计源于兵
关乎国运定衰兴
如若计计能得逞
王谢楼外飞哀鸿

胜战计

瞒天过海
帅帐军机欺天下
假是真来真亦假
倘若军中一人知
危楼即倒屋自塌

围魏救赵
被困城外百万兵
飞书千里搬救兵
偏军直捣敌国都
远水止渴依然行

借刀杀人
仇敌相见还笑脸
仇人另有仇人险
只是一句挑拨话
仇人到死不恨俺

以逸待劳
我自三军本强悍
劲敌来袭征程远
疲师围我锋减半
一挥旌旗扫敌顽

趁火打劫
或明或暗敌营乱
乘胜出击有胜算
错过毫秒失天机
赢在敌乱我不乱

声东击西
伏兵十万窥城东
令军十万西门攻
一旦守敌援西门
东门破城必轻松

敌战计

无中生有

直把谎言说千遍

散到敌营上下传

不是攻城便是守

敌营内部定生乱

暗度陈仓

攻伐征战选重点

越是重点越是险

遥望旌旗蔽日处

最惧奇兵入另关

隔岸观火

天下无时不春秋

为利各自占山头

有朝一日他国乱

只需稳坐莫伸手

笑里藏刀

谨防无事献殷勤

知人知面不知心

看是点头又哈腰

腹下抽刀险七分

李代桃僵
日寇出兵大扫荡
伪军在前挡刀枪
不谈古人怎用兵
李代桃僵伪军伤

顺手牵羊
大军远征得胜归
金蹬敲响八面威
顺手再收小城池
弱旅散兵自然随

攻战计

打草惊蛇
我明敌暗最惊险
多派侦察勤打探
实在不明真情况
虚假真实开一战

借尸还魂
借尸还魂赞孔明
五丈原里布疑兵
军师本已魂渺渺
吓退司马百万兵

调虎离山
上山不与虎相争
平阳设饵诱虎行
一旦兽王脱山岗
看我钢叉拴虎绳

欲擒故纵
自古多少迷魂阵
阵中布下生死门
看似生门得生处
门后必有执索人

抛砖引玉
火力侦察枪声响
无非引他露行藏
一旦伏兵现身形
稳住阵脚撕破网

擒贼擒王
摧营拔寨先夺旗
贼首方是敌中敌
一袭破了中军帐
群龙无首泥鳅里

混战计

釜底抽薪
扬汤止沸汤仍沸
灶里撤柴沸式微
杀敌不赢断粮道
敌军士气日日颓

浑水摸鱼
势均力敌取胜难
攻守进退莫心烦
掌握时机搅乱局
瞄准弱旅挥刀斩

金蝉脱壳
相持已闻敌援军
当务之急是脱身
羊蹄踏鼓趁夜色
全身而退谋在深

关门捉贼
明岗暗哨须精神
跟踪密探入城门
关闭城门再喊捉
机密不可泄半分

远交近攻

远方即是敌后方

亦敌亦友难度量

不可使之能资敌

远交成友近可防

假道伐虢

不遇季布莫与钱

赌徒借钱几人还

虢国借道失国本

守住老本有江山

并战计

偷梁换柱

虚假真实牢记清

敌动我动辨分明

谨防敌用障眼法

动是假时静是动

指桑骂槐

攻甲檄书乙罪名

乙闻打甲也心惊

不敢出师做驰援

分化瓦解已成功

假痴不癫
看着都是吃亏事
未因吃亏丧家室
表面胡话无真语
只因力量不到时

上屋抽梯
韩信亡命樵指路
问明道路杀樵夫
不是跨夫无良心
实惧追兵踏同途

树上开花
泊金渡屋非金屋
装饰皇家好气度
假做真时欺天下
信假落得阵阵输

反客为主
和氏玉璧秦王持
城池美玉两俱失
相如诓语重持璧
掌握主动不宜迟

败战计

美人计

美色男女爱十分
可拿江山对半分
和亲换来太平年
妲己西施断国魂

空城计

斗胆空出一座城
真空假空敌不明
此计巧用择将领
不对莽夫用空城

反间计

遇到劲敌用反间
妖言惑众丹墀前
只需敌国龙颜怒
劲敌可除我能安

苦肉计

自伤忠良献投名
方能探得真实情
不到走投无路时
不演苦肉惹悲情

连环计
围点打援巧连环
诱敌深入能用间
美人苦肉同时上
环环相扣别出乱

走为上
血战难分胜负手
主动避战绕道走
东走西走寻弱敌
出现杀机下死口

结语
诡道用兵只为赢
正邪善恶难说清
一日掌得生杀权
谋略兴国轻用兵

苦·辣·酸·甜

苦
黄连苦胆一锅煮
红军长征两万五
朋友误解拒分辩
苦口婆心做父母

辣
胡椒捣蒜拌尖椒
两个泼妇互咆哮
一把洋葱擦眼皮
灶口烟囱把书瞧

酸
三军止渴望乌梅
青李生杏塞进嘴
夫君偏室入洞房
酸汤加醋不添水

甜

蜂蜜调油加白糖

十年苦读登皇榜

青梅竹马结伴侣

呼儿唤女闹中堂

风·雨·雷·电

风
摧枯拉朽来无影
天南地北任横行
纵上九霄撕天幕
推起海浪百丈峰

雨
银河决堤天上来
飞袭淋幕雨花开
千矢万箭劈风落
汇成江河入湖海

雷
天柱崩塌滚万里
飞沙走石击鼓皮
恫吓亏心贼子惧
沉闷炸裂都依你

电

照亮夜空一瞬间

万里江山入眼帘

曲曲折折天行蛇

下接地狱上通天

十二生肖

鼠
刀耕火种粮保命
难防水旱可防兵
一把粟谷一把金
人口夺粮首灾星

牛
虽生两角性温柔
任劳任怨耕田畴
独自奋力抵十夫
温饱天下第一友

虎
号称山中百兽王
唯独不敢落平阳
一旦使得丛林入
不见雨来风也狂

兔
耳听八方踞三窟
蚂蚱亦可令胆突
生不能战逃亦策
走为上时如脱兔

龙
无人胆敢犯龙威
有谁识得它是谁
自是云水虚无物
不过欺民一棒槌

蛇
无一足而行如风
动静无定隐身形
如若比人奸佞子
舌长牙毒需避行

马
千里神驹辕下压
目色迟暮四蹄邋
遥望天际一抹云
大漠旷野心之涯

羊

从不驰骋功利场
跪哺为人做榜样
逆来顺受鞭下行
温婉难逃锅里汤

猴

老虎在时亦称王
丛林草莽树当房
手中握得紫铜棍
紫霄龙宫闹玉皇

鸡

黑白无常闻不得
一啼魍魉顿消魔
司辰四季报晓声
红透东方一首歌

狗

夜半乌云风摇树
一声威吓贼止步
富可守得金银仓
贫亦居得寒窑屋

猪

与人同居屋檐下
离开此物难成家
虽然一生几百日
天蓬元帅佛亦夸

酒色财气

酒
天下甘泉尽琼浆
地上杂粮酿中藏
滴滴玉液汗中味
玉皇黎民均可尝

色
万千莺燕婀娜姿
香风弱柳英雄诗
芙蓉牡丹洛阳会
巫山云雨落瀑直

财
关公赵公影壁墙
香炉高燃三炷香
黄金白银聚来去
不付汗水皆空囊

气

李逵张飞楚霸王

多少豪杰为气伤

心若湖海纳百川

效仿子龙汉张良

刀光剑影

刀
锋尖刃利尺把长
千夫执掌为君王
胡城绝地杀百里
旌旗漫卷朔风狂

光
呦呦鹿鸣沙湖静
秋虫擦翅数繁星
夜枭扑月影渐小
几点篝火马嘶鸣

剑
寒光三尺剑鞘分
三军呐喊慑敌魂
飞身千里擒贼首
豪歌万丈扫残云

影

千军万马滚沙尘

哪里望见大将军

帅字大旗分进退

将士威名胜是影

爱·恨·情·仇

爱
爱是爹娘胎里带
诗书礼乐教化来
知恩图报育心苗
远离困厄远离灾

恨
恨字本是两刃刀
不能用错差分毫
只需自恨能力弱
无益之恨自会消

恩
因在心头始为恩
报恩不必敬鬼神
床前只须一碗粟
爹娘心顺叫报恩

怨

怨是暗室无解恨

上秤不敌二钱银

一息尚存念人义

天宽地阔亮胸襟

情

不忘天地君亲师

谦恭方能存见识

若是只为风月乐

不过乡野小鸡雉

仇

与生俱来本无仇

不公生出恨根由

如能世事都平等

何有恨来何有仇

眼见为诗

十字岭的山花

梁志宏
手中捧着一束山花
这束满天星
等了他七十六个春夏
七十六年前
梁志宏的叔父十六岁
在这束山花旁
目睹了左权将军
在榴弹的爆炸中倒下

一位爱民如子的将军
用杀倭的一腔热血
染红了满山的红花
十字岭的山花
生不为艳丽
只为凄美灿烂如晚霞
只为将军把腰弯下

梁志宏
采一束小小山花
代替叔父
献上无言的山花
我看到
梁志宏和所有人
眼眶里噙满泪花
他们和山花一样
把腰弯下
天边
浮出一片如血云霞
山风呜咽
欲语千言
却是哽咽无话

柿子

从来不以开花示人
挂果也是默默无闻
它用青涩的成长
迎接清风
沐浴夏雨
笑傲霜冻
直到有一天用羞红的脸
接住白色的雪
笑看百花枯萎在秋分

曾经鞠躬赏花的人们
只有抬起头
才能仰望到白雪覆盖的柿子
唯有高傲的柿子
像红色的火焰
在春夏秋冬四季的宣纸上
被当作如意
走进国画

黎明三时

白色的雪
穿行在黑色的夜
只有脸
感受到雪还在飘
远处电梯楼
亮着两盏昏黄的灯
像两只眼睛
盯着白雪坠落
有两声火车汽笛
穿过飞雪
带着
八十年前杨家庄
兵工厂的血红
飞入脑海
让我把黑色的字
写在白色的纸
充填被历史遗忘的时空

脱贫

脱贫
几乎把整个城乡掀翻
挖机高举着铁臂
瓦砾堆积如山
铲土机憋着劲地低吼
道路两侧暴土狼烟

城内
拔地而起的高楼
迎接着贫困人口的入住
楼上楼下
传来笑语欢言
城市化供暖
驱散了贫困人家
祖祖辈辈躲不过的冬寒
风雪中的祖屋
被夷为平地
据说能变成一寸良田
只是可怜了

明春的归燕
相识未变旧山河
陌生废墟无家园
重新衔泥筑巢
找不到老去的屋檐
更难觅
故人容颜

礼物

妻子的生日巧遇圣诞节
我和有些国民
不过圣诞

让我独享这份热烈中的宁静
总有一个人不懂浪漫

妻子从来没有收到过一束玫瑰
妻子有妻子的天涯和海浪

咫尺远方
二人独处在山的天涯

妻子生日
我送一墩浴足的木盆
里面可以盛放两个人
一辈子的足迹
彼此圈在一个同心圆的木桶内

双脚似根

双腿如茎

身体就是交织摇曳的蓬叶

两颗心

就是并蒂莲花

何须玫瑰陪衬

盆中的波浪

胜过海的交响

垂钓

一

对面是不高的小山

山脚清水一湾

风从山头吼过

河水冰封一半

两粒鱼食在水中

泡了半天

从抛竿到起竿

鱼儿似乎已经冬眠

突然,手中一抖

线直

竿弯

彼此僵持不动

朔风横扫

乌云翻卷

却原来

鱼钩卡在了河床

我钓住了

万年江山

二

无色透明的鱼线

抛入无色透明的河流

黄色的鱼饵

在河床底跳动

等待鱼儿上钩

两个小时的僵持

人和鱼比试着耐力

我呆呆地盯着鱼漂

漂顶不断落着蚊蝇蜻蜓

估计河里的游鱼

远远地躲避着诱饵

宁肯饿死

绝不咬食

首先放弃对峙的是我

拿出手机

用标准的普通话

宣读任免名单

某某是局长

某某是副局长

某某是正局级主任科员

声音悠扬悦耳

鸟儿听懂了

野鸡咕咕叫
鱼儿听懂了
开始上钩

难道一纸任命
如此重要
为了名利
命都可以不要

权威·评论

岳父九十一岁了
天真到目中无人
可以在任意时间
控制着电视遥控器
每两分钟调换一次频道

坐在他身后
多半是我无奈地摇头
偶尔听他说一句话
让我吃惊不小:
成天就知道拆
还搞甚的旅游
村子没了
人没了
鬼才来!

舞台

有雨的季节
无雨

为了一个
只有一群大员看的
歌手聚会
把两河汇河口
平整成了一个豪华的
露天舞台

河床上
平整地铺满
从远方拉过来的黄土
黄土被压路机碾压得
比秋收的场院还要平整
年轻农民想
要是我爷爷在上面打场
该有多阔气

河床变成了停车场
用来接待数不清的
御前驭手
规划整齐的车位
可以列队十里

歌手散去
在无雨的季节迎来了一场豪雨
停车场随着泥石流
奔向河北
随海河
进入大海

汇河口成了平民
花钱吊古的圣地
流水
口水
纷纷诉说当年停车场的故事

残房

比残房更残
房梁斜插在地面
瓦砾掩埋着沙哑的叹息
曾经繁华的山村
一夜间
人声都成了远方的哭泣

谁家的小黑狗
出入在黑夜里找不到家门
白猫卧在露天黑锅台边
等着主人回归
月亮像是惨白而孤独的眼
盯着夜行人
掩面而行
破水缸接满了半缸雨水

风说：那半缸雨水
是月亮流在这个村庄最后的
一滴眼泪

两地对话

我枕着黄河波涛
入睡沙坡头
乔叶闻着寺院暮鼓
下榻五台山
几乎同时在黎明睡醒
我们在群里相遇
打招呼
我刚说这里已闻第一声鸡鸣
天快亮了
她说那里已经听到开始诵经的钟声
一声唤来黎明
一声唤醒众生
黄河滔滔
众生芸芸

结伴

有很多回
我都是拦腰截断地
从你身上踏过
可没有一次不是
深情地注视你
像是行注目礼一般
从你的出现
到你的远去
因为你是
黄河

今天
在一个叫作沙坡头的地方
我站住脚望着你
甚至可以触摸你
就是在这里
王维的诗句
成就了大漠孤烟
涂圆了长河落日

大漠黄沙压死了黄河

黄河吼叫着奔突

撕开了死一样的沙漠

被撕开的沙漠

一边叫作腾格里

另一边

叫作

祁连山

祁连山

像是静止的波澜

腾格里

像凝固的河流

黄河

像滚动的沙漠

我像一粒尘埃

历史

让我们在这里结伴

彼此注目

然后在无奈中瞬间走散

岗什卡雪峰

有了人类

有了朝代

岗什卡雪峰就接受着万物朝拜

她披着长长的白发

看着墨绿色山地草场上

野蛮的牦牛啃食鲜花

温顺的绵羊

为情为爱

展开壮烈的厮杀

对匍匐在她脚下的人

她用融化的雪水

让他们

洗心

洗耳

洗目

她把浸润了一万年的五花石送给我

让我拿回家

辟邪

起夜

五更夜
出得帐篷来
习惯了一夜的波涛不再震耳
心知面前是青海湖
感觉眼前就是大海

风
不再像前半夜怒吼
湖水漆黑
头顶一片蔚蓝

有两颗流星
飞快地划向湖的对岸
举头望星空
冰凝的天空
星汉灿烂

无数斗大的银钉
在天空镶嵌

银河如瀑布浣纱般妙曼
我目光掠过牛郎
去寻找织女
她羞涩地隐藏在银河北岸

天未微明
十七口人的粗鼾细韵
召唤我再次钻回帐篷
直感觉
北斗七星
仿佛要掉在我手里，让我
舀一瓢湖水
倒入我们做饭的锅里
隐约感觉
七仙女就藏在我们周边

鬼针草

所有的草都是绿色时
没有人能认出你
同样的颜色、同样的柔弱

秋风像铁扫帚扫过大地
所有的草都低下了头
唯有你却竖起无数锋利的两刃刀
挺直腰杆
捍卫着大家共同的家园

有人持着钩镰竿
靠近结着红色果实的大树
你便飞出袖箭
扎满他们的裤脚
你让任何侵略者知道
虽然你很不起眼
对待进犯
你始终在吹响反抗的号角

地空两望

我站在枯草低伏的山岗
仰望天空
天空一片肥蓝
没有一片云朵
一架喷气式飞机从地平线飞来
从我的头顶掠过
看它像一把钢铁匕首
划破蓝天的皮肤
露出蚕丝般棉白的伤口
等待一阵风的涂抹
天上那道伤口开始愈合
渐渐恢复了海一样的蔚蓝
飞机里的人看我
一定找不到我
他也许认为
荒凉的山窝里
不过埋了一粒草芥

晨行

左边的月亮
右下角已经圆得不规则了
像稀薄的一片云
像雾气凝结的冰
渐渐坠落河水中

右边的太阳
通体圆润周身彤彤
像出炉的铁饼
像丹青中的一点朱红
冉冉上升

月亮在西、太阳在东
小区在南、城市在北
我在河面桥上的正中

一年不会有十二次月圆
一月不会有三十个日出
一日不会走在一条河中
一生会有数不清的雨和风

破灭

开发旅游

我喜欢编造神话

也爱看神话破灭

因为此地名叫苍狼山

所以放牧过铁木真的战马

传说当年

四野苍茫

瓢泼雨下

在这片原野之上

奔驰着八百年前的铁骑战马

那时的草场

风萧雁鸣

马背上的可汗弯刀铁甲

因为没有围墙

就连战马的心都是志在天下

在它们眼里

临安城低

建康墙矮

它们的四蹄践踏欧亚
它们背负的主人
扬威天下

这里是成吉思汗的军马场
不信你去问那棵形似神鹿的百岁槐杨

敖包围筑着只有起重机才能挥舞的可汗钢叉
绿野之上
编织着分草到户的篱笆
铁丝网内盛开着
一坡悠闲的山花
还有
奔驰不了百步的
"军马场"里目光呆滞的
骏马

眺望天边
我看不到一匹
鸣啸的军马

出雁门关

御风跃出雁门关
车轮滑雨水
形似雾里渡飞船
窗外苍茫无限关山
沙丘灰暗
对面来车擦肩过
飘入身后如同一只疾飞的雨燕

瞭望金沙滩
雨打车篷如擂鼓
呼啸山风
恰似千军呐喊
黑云压顶
白云围山半
更像是
十万胡马抢阴山

雨镝飞击
草原天路

云开雾散
一架彩虹连接处
望见风车旋转
夕阳金黄
草原地阔天宽

做祭饭

又到清明

清晨
无心挂念窗外是否柳暗花明
无心欣赏桃杏织锦的胭脂云
也无心探访
牛哞声近牧笛声远的杏花村

心里忍着思念双亲的泪
把手洗得干干净净
面瓮里
取核桃大一点面粉
认认真真掺水
小小心心揉匀
洗一小点蔬菜
剥一棵老葱
重新再把两手洗净
我要做一茶缸面条汤
将这缸祭饭

送到父母双亲的坟茔
还是双亲在世时他们喜欢的味道
比那时做的还要细心
还要干净
面片擀得比纸还要薄
面条切得比排好一排火柴杆还匀
这每一根面条都是做儿女思念的心

汤滚面熟
静静晾冷
再亲口尝尝咸淡
不可太淡
不能太咸
轻轻灌入带盖的玻璃瓶
再把瓶盖拧紧
想象随着梦去追寻
上了山岗
踏了荒草
跪了坟冢
敬了纸钱
规规矩矩地撒酒
祭天地祖宗
将这用孝心做的祭饭
绕坟三匝倾诉对父母的思念

收回思绪天还未明

人未出门

泪已双流

将祭饭贴在心口

再把它暖热

让父母听到

儿子的心跳声

难过

戊戌清明

又见霜花

美得惊艳的霜花
寿命太短
从初识到诀别
只在半日间
孕母是刺骨的寒风
玻璃是产床
霜花把自己拼命装扮成
南国风情

或是滩涂海湾
或是椰林片片
色调单——一身缟素
好像提前为自己披上安葬的礼服
不在乎生命的短暂
只为绽放绚烂的瞬间

聚则成气
展现一幅山水画卷
散则成风

化作千滴眼泪然后无影无踪

真想装裱收藏你
但你贞洁得不让我触碰
轻轻地抚摸你
冷了我的手
寒了你的心

你来到这个世上
只是让我有
片刻欢心

入宿日月星庄园

扶风远眺
独倚玉雕栏
满目尽苍山

俯瞰云下齐鲁
村庄片片
放眼八百里太行山
辽阔云天

秀峰错落出雾海
云岛住神仙
欲借盘古风送雨
相约伴侣入深山

忘却饮琼浆
无意醉云端
独与红尘不相关
日月星处近青天

思念与遐想

豆豆

一

他出生了
有点长大了
他瘦小机灵
十分可爱
还不会说话呢
就模仿大人干活
有模有样
我叫他豆豆
希望他顺利发芽
快快长大

二

一分钟之前
豆豆还笑脸似花
瞬时就无故疼痛
让人心疼的绝望
双膝肿胀淤紫
此时的豆豆

还不会说话

无论身体任何部位

轻轻一碰

立刻黑青一片

几天不能下床

三

豆豆的妈妈

是我的妹妹

外号"韩胖"

为了豆豆

两年过后

又黑又瘦

医生说

豆豆的病

是世界罕见

伴随终身的

血友病

四

从幼儿园

到大学毕业

豆豆班长的重要职业

就是保护豆豆

最异类的学生

敢打老师

不敢打豆豆

打了豆豆

是他们自寻绝望

五

养好豆豆

几乎让妹妹绝望但从未绝望

治好豆豆

是大家的希望

治疗豆豆

又是医生的梦想

每当豆豆

躺在病床

幼小的他说

我想死

豆豆很懂事有礼貌

尽管有气无力

还会轻轻叫我

舅舅

其实他想说

救救

六

父亲一生相信党

他活着的时候

望着为了高昂的医疗费

一筹莫展的妹妹

经常安慰妹妹说

将来

党

和

国家

会管的

七

豆豆大学毕业

身高一米八

行走时已经离不开拐杖

出门坐着轮椅

妹妹要背着他

从一楼

到四楼

一步一步地爬

从小哮喘的她

累得更加咳嗽无法

八

父亲去世四年后

血友病被列为大病保险

医疗费全部报销

妹妹的眼角

有了看不见的笑容

爸爸

你可以安息了

九

今天晚上十点

北京的吴润晖医生说

血友病

用"凝血因子小剂量"治疗法

大见成效

患者治疗零自费

八岁患儿在吴润晖面前

踢着正步说

长大后我要做

中国军人

医生说没问题

我流着泪

告诉了妹妹

妹妹流着泪

告诉了豆豆

豆豆流着泪望着北京

我又流着泪

和电视机里几十个患者

一同流着泪

唱着"伟大的祖国"

豆豆

舅和你说

到了你该发芽的季节

你的任务是

茁壮成长

太北大姐照直走

晋察冀包含着十字岭
所以
它记住了左权将军

是晋察冀抗战研究会
公布了消息
将军的女儿走了
太北大姐走了
我在十字岭燃放一枚
追魂炮
大姐
大姐走好

大姐走好
不要拐弯
不要来十字岭
这里是你最伤心的地方
将军在湖南醴陵家乡等你
你的母亲也应该在

父亲会像以前一样

抱起你

像你在文章里说的那样

吻着你

爸爸还会保留着

1942 年 5 月 24 日的体温

等待着温暖着你

大姐不要拐弯

不要来十字岭

尽管漫山遍野开着鲜花

山顶

却

很冷

燕

无法抉择对你的称呼
该叫雨燕
还是该叫紫燕

你们的身形
像是两滴紫蓝色的水珠
双双对对
筑巢在我的屋檐

你们飞进飞出时
像两条弧形闪电
上下有序
左右比肩
情话不断
嬉笑呢喃

偶尔也看到有外族客人不请自来
仿佛是进攻
或许是驱离

也许是宾朋过来暖房
也不排除燕中就有占巢的鸠
更有
行为不轨的情敌

我希望他们的到访是
燕子中的诗人聚会
用朗诵和群舞
宣告一次
即将旅游的宣言
或高山
或草原

妻语

妻子理科生
说了一辈子左权方言
年届六十
突然想学普通话

春天来了
成群的燕子热闹地
飞进宅院
做窝
孵卵

小燕子黄着嘴丫
向房顶要食
母燕衔回蚊蝇
两只黄嘴丫为争食而战

妻子说
小燕子是在和她做伴
每日里欣喜地张望燕巢

像对待家人一样
为它们打扫粪便
也不厌其烦

立秋那天
轰轰烈烈的燕子一家
突然走了
每天为它们更换粪便的纸板
已经干净了好几日
家
也因此寂静了许多天

偶或听了一声燕吒
有一只孤燕绕梁
妻子放下手中活
寻声笑迎
口中说着普通话：
小燕子悄悄地来
正如它悄悄地走了
……

炮

我成长在部队大院
被军人的风采感染
从小喜欢枪支武器

十岁
随父母路过北京
在一个橱窗看到一尊
十五公分的榴弹炮
十分喜欢

我用很少有的可怜相
要求爸爸给我买一个榴弹炮
父亲拒绝了我
我小声地哭
大声地哭
执拗地闹都没用
父亲是军人说一不二
我记仇记了九年

十九岁我参了军

陆军

炮兵

作训武器

一百二十二毫米苏制榴弹炮

和橱窗里的那个一模一样

不过重量却是用吨来计算

两年下来

我成了炮班长

在草原大漠的演习场

我测量着方位

计算着俯仰

术语"密位分划"

我以优秀炮班长的身份

高举指挥旗

大喝一声

放！

红旗落下

一声炮响

十几公里外

升起了成片的烟云

猎狐

三十五年前
射击用的体育器材不管控
我手持口径步枪
绕过三道山梁
秋风压着倒伏的野草
落叶枯黄

搜索的脚步
惊起一只野兔
逃窜的野兔只是一愣神
枪响兔亡

呼哨声
惊飞一只山鸡
落在百米外的树丛边
瞄准击发
山鸡跳升一丈
重重摔下

五十米开外
草丛在动
荒草中走出一只"火狐"
身长五尺
白脸乌眉
婀娜如女子
瞄准击发
哑火
更换子弹
哑火
三枪哑火

火狐
优雅地看着我
绝无惊慌之状
徐徐前行
身上的鬃毛
抖抖招风
滑动如火焰
这团火红被秋风簇拥着
从容远去

下山
我瞄准一棵核桃树的枝杈
扣动扳机

树枝应声断裂
山谷回应着枪声
我似乎听到
有狐声在笑
——呜
——呜呜

不能便宜你

快二十年了
一个阴沉的下午
公交站台
朦胧着微雨
在北京

我为没有零钱乘车焦急
汗湿的头像是落满的雨
我走到车站售报亭
三元钱一本杂志
售报亭大哥伸手接过十元钱
递给我一本杂志
随手在钱盒子里寻找零钱

我随口说了一句：
找点零钱乘坐公交

他凝视我两秒钟
夺过我手中的杂志

把钱还给我

并且还给我一句话：

找零钱，别找我

我一脸悻悻

心中默念一句咒语：

首都也有倔驴

书签

第七十八页
下一节第八章
我在看《追风筝的人》

书中故事有了民族纠纷
什叶派
逊尼派
真主在看着自己膝下的信徒
进入下一页的纷争
也许是血雨腥风
也许最终归于平静

为了防止自己的心痛
我用跌打止痛膏做书签
夹在书中
为书中可能出现的民族伤痛
止疼

十七岁我的一天

我的十七岁
距今已是四十五载春秋
那年我在广阔天地
斗风
斗雨
斗天地
斗春种
斗秋收
有时候也斗殴

我们一群男女青年有一个家
叫集体户
我们有一个共同的名字
叫——知青
在这个家里我们是
姐妹弟兄

我忘不了在那个家里的那一天

那是秋天里的一个早晨
留下一个女同学
看家
做饭
养狗
喂鸡
喂猪
剩下的七对男女
划着八桨渔船
驶入松花江

我们出入在满江白雾里
在江风吹拂下
我们拉小提琴
我们吹笛子
我们弹琵琶
我们吹口琴
我们唱歌
我们用眼睛导航
此时的我们
共有一条快乐的松花江

我们快乐如江水里的鱼
我们寻找江心里的一个沙洲
上了岛

我们用镰刀割柳条

男青年挽着袖子挥镰

女青年腰里挎着毛巾打捆

我们伙用着四条毛巾

我们从挎包里取出干粮

没有咸菜

就着松花江水

把时光美到下午

成捆的柳条被装上船

高得像二层楼

女青年坐在楼上

男青年在黄昏的松花江上划桨

成群的野鸭大雁

用嘎嘎的鸣叫

加入我们的吹拉弹唱

它们寻找着芦苇丛里的家

我们寻找岸上的家

落日染红了松花江

白色的天鹅

游弋在火一般红色的松花江水面

我偷偷地看了一眼女青年们

松花江里

多了七朵睡莲花

这一刻

我记住了一首词的词牌

叫作《满江红》

二十年的思念

整整

整整二十年

二十年前

农历腊月二十八

我们葬母

那天的转播台

成了望乡台

转播台下

隆起一座坟茔

母亲被抬进了里边

墓葬合口

不知母亲

是否记住回家的路

那一夜

大雪封山

天未明

我和弟弟却找不到

找不到上坟的路

母亲没有来接我们

她再也不会
像我从集体户
从军营探亲回家一样
倚在门框
把我张望
我们只能对着坟的方向
磕头
泼汤
我们在雪野里没有发现
母亲回家的足迹
也许
她踏雪无痕
大地洁白
雪厚三尺
雪要埋人
世界一片干净
干净得像天堂的白被单
覆盖在母亲的坟丘
大雪把坟丘变成了高山
今天凌晨
回想当年的那场雪
鼻息中
刚刚嗅到母亲的气息
仿佛又遇到了一场雪崩
雪崩有巨浪

愿母亲的灵魂在巨浪之上
轻盈地翱翔
儿女心中
是母亲永远的故乡

儿化音

我骑着山地车
风一样飘在郊外
比风更急的电话铃声
把我钉在林荫路边
崔志军说
"何燕儿"回来了
让我去接
无数个名字带"燕儿"的女人
在脑海里过滤
没有"何燕儿"这个动心的面容
我调转车头
见到崔志军
他取出三个瓦楞纸包装盒说
"何燕儿"到了
我抱着三纸盒铁合页（儿）
笑了

鱼变

五个月后
隔离门被打开
新冠病毒也许来过
水缸里的鱼
因为不戴口罩
十条失踪九条
尸骨无存

窗外
两个月前就绿了柳梢
水缸里的水
十桶仅剩下一桶
唯一的一条一寸长的金鱼
孤独地游来游去
水面漂浮着一层尘灰
水缸底部
云朵般的
堆积着黑色沉积物

五个月没有进食的小金鱼

啄食着水缸缸壁

我撒入十粒小米粒一样的鱼食

这条金鱼开始用冷漠的目光注视着

然后上浮吞入两粒

品了一口随后吐出

下沉

寻找新的食物

我终于知道为什么

只有这条鱼还能活着

美丽的外表

不再掩饰开始食肉的习性

新冠

培养了贪婪与凶残

老家

老家
是爷爷奶奶的家
也是姥姥姥爷的家
父母出生在同一个村庄
我成长在东北的大城市
老家于我
就是一个记忆

老家本来是四季分明的
记忆中的老家
却一直是春未至冬未尽的一片灰色
我总是隔三年五年十年八年
伴随父母的探亲假
回来认识一下这个村庄

我和母亲同骑一条毛驴
过了清漳河的独木桥
姥爷牵着驴
父亲陪着姥爷走路

颠十五里山路

看十五里山沟

骑在驴背上

我"晕驴"十五里

进村

就是老家

春节前
住不到十天
看着家家户户
砍柴、背柴
做豆腐
听着牛哞儿、马嘶、羊叫
还有驴
像哭一样抽搐着叫着上了山
傍晚
看着它们在夕阳下
踏起阵阵尘土回圈归巢

春节后十几天
看着村里的孩子们串门
我和父母
被东家叫去西家请来
吃着我咽不下去的好饭
人家的孩子

只能流着口水看我吃

我说着他们听不太懂的侉话

我听着

他们把他们的爸爸叫爷

认识了好多人

叫姥爷

叫姑父

叫姨姨

叫哥哥

叫姐姐

还有拐着腿放牛的二舅

每次告别老家的时候

又要"晕驴"十五里

天不亮就启程

裹着小脚的姥姥

总是站在村口那块生了根的黑石头上

把手搭在额头压着眉头

看着我们走过拐弯

她像钉子一样

每次都钉在石头上

现在

每看到这块石头

我就想给这块石头磕头

叫一声姥姥

姥姥走了以后
老家好像有了一点彩色
村头有两株千年古槐树
满枝头都是绿叶
在绿叶中
又挂满了雪白的槐花
乱摇的槐花
像是在凭吊古人
其中
就有几朵
对着南坪山坡上埋着的我的双亲
频频招手
点头
鞠躬

重生

六十四年前
在太行山那个
很偏僻的村庄
我出生

满月那天
母亲摁着我的头
不知道是哪个舅舅
用镰刀模样的
剃刀
刮去我的胎发
百日后
我去了东北

后来我上学
后来我插队
后来我参军
后来我复员回到太行山
后来我工作

后来我结婚
后来我下岗讨生活
后来我退休

六十四岁生日到了
我就把这个生日当重生
不到满月去理发店
女儿辈的美发师
摁着我的头

一阵电推响过
落了一地银发
睁开眼睛
尽量朦胧着母亲的影像
妈妈
多年前就走入坟茔

过几天就是清明
那天我一定回老家去
到父母的墓塚前
斩去
过年前杂乱的衰草……

人如一片风中的雪花

我比古代帝王幸运
可以坐在家里
隔着玻璃窗看飞雪
急一阵
缓一阵
颗粒重的垂直下落
质量轻的
飘去如纸钱

每一粒雪花
都有自己的归宿
如同从历史中走来的人群

他统一了六国
他火烧了阿房宫
他成了另一个朝代的高祖
他在陈桥黄袍加身
他一统天下死在漠北
他贱身如乞丐最后号令乾坤

每个人如同雪花

从纷纷扬扬的雪雾中

落在了能让他生根的一穴方寸

而陪同他们的他们

如同乱舞的雪幔

从盐池

一路血战至今

看着他们的一拨又一拨首领

斩白蛇过险境

聚风云度陈仓

而她

却在密不透风的雪雾里

扭动着怒吼的山风

挤过乱箭般的雪花雨

不偏不倚

扑入我的怀中

网

蜘蛛网

网了万年的蚊蝇

互联网

网了无数的符号

只要接近网

都被一网打尽

把鱼死网破留给

命运

致所有大德凡人

我不知道如何敬你
也不知道
如何不敬你
你就在那里
横竖
都是
一
你坐在你的云端
我端我的茶盏
可以摸到你的衣袖
却感到你在云里
看不到时
你又闯进梦里
与你的距离只在
一呼
一吸
吸则在体内
呼又远去万里
乾坤内外

抱元守一
我在世界在
我无世界无
活着
正在接近圆寂
死亡
投胎新生
所有的凡人
所有的大德
都在
来去的路上

话乡愁

乡愁

是几日不见杯中的烈酒

乡愁

是置身旷野无拘无束自由的吼

乡愁

是听着海浪看着飞翔的海鸥

乡愁

是欲说还休忍了一辈子的欲说还羞

乡愁

是找到那些挖个沙洞一起尿尿的小朋友

乡愁

是永远说不完的那时候

乡愁

是坐在大槐树下

一人品着茶两人喝着酒

三人下着棋把月圆熬成月钩

乡愁

是对已经错过的故事挥挥手说

再见的时候

信手左权风光

左权千秋
百里山河
史称辽州
待清明时节
桃杏花艳
烟雨绕村头
石匣玉湖
倒映鱼鸥
老井甘泉
茂丰烟柳
错把交漳喻杭州
紫燕飞
鸣蝉唱中秋
花戏起舞
民歌曲悠
山风吹凉壶中老酒
母子山头看残阳
山谷朦胧
岭坡红透

碧浪波影邀荷花

东安山险

西安水秀

林泉戏水

十里纵飞舟

崖居古壁炊烟横流

燕赵故国

攀缘黄泽关口

何处可凭栏

日月星处望齐鲁

雉鸡起伏叫松林

袖里藏轻雾

满目飞云渡

太行绝顶孟信垴

小节峻岭平丘

俯瞰古城眼底收

龙泉绝壁喷漱泉

千匹神驹跺天鼓

王家峪里奇峰

春山青碧

秋林火红

量天测海紫金山顶

名传千古守敬书屋

大国强军竞风流

源自军工摇篮杨家庄

古槐树下早筹谋

麻田帅帐将星云集

八路主力震倭如虎

左权将军殉国家

威名炳千秋

举杯扶风问明月

共谁同谋兴家乡

远听鹧鸪声声

放歌金瓯

距离

路程很近
超不过十公分

向上是北极
有白色的北极熊在雪中翻滚
向下是南极
黑背企鹅踩着海浪排队成群
浓缩的距离
是书上的地图
世界被区分得五彩缤纷

路程又很遥远
掌上屏幕十公分
食指一划
怎么也探不到你的心

醒着像在做梦
路上的行人像滚动的文字
诗句纷纷芸芸

睡着了

又像醒了的梦游

没睁开眼就找手机

半闭着眼用指头写诗

情话骂人加个笑脸

真假莫辨

爱恨难分

所有的距离

被三维立体推远和拉近

心到眼是底边

手机是顶点

食指来回划着角和边

你和我

他和她

历史未来今天

英雄和小人

都明摆暗藏在里边

距离很近又很远

走到彼岸

只需用眼来看

用指头来点

风云、雨雪、彩霞、天边

碾道

驴被拴在了碾杆

眼罩蒙了双眼

全然不知

能吃的食粮铺上了碾盘

一阵风吹来驴闻到了粮香

拼命向前

哪里知道它在围着一个圆点

无休无止地转

卸了磨

驴看见碾出的米和面

一阵眼馋

向前走了一步

挨了一鞭

下次接着被绑上碾杆

又一次落入眼罩的骗局

接着转

再一次以为粮食在召唤

继续向前……

稍纵即逝的瞬间

不待天明

我踩着天气预报出来踏雪

地面没有一片雪花

遗憾着没有咯吱的脚步声

先到卫生棚把一夜的憋屈放松

抬眼望天空

嚯，嚯嚯嚯

几十朵圆润的浓云

边界分明依偎相拥

月亮在正中

活脱脱是天上一朵硕大的莲蓬

我要拍照

没拿手机

回去去取

有些内急

我默告着再等我两分钟

两分钟后

我丢失一束天大的

墨菊

月夜思

夜色
朦胧着想象
不敢
扇动欲飞的翅膀
我怕
撞破夜蛛织就的网
不敢
迈开前行的脚步
怕吵醒
沉睡未醒的山岗
是星星眨眼
还是明月彷徨
它们是否盯着
秋虫求爱的畅想
故意
蒙上一帘遮羞的
幔帐
伸手摸了摸夜幕
我心苍凉

寻不见叱咤风云的

项羽张良

朦胧看山梁

好似波涌连天浪

山峰后浪推前浪

我扬哪片帆

我乘哪条船

心舟荡漾已过零丁洋

写在父母合葬三年祭

蟹肥稻熟秋水瘦
孤雁飞高楼
云浓雾深锁群山
伫立父母坟头
儿女哭荒丘
泪水常伴雨水流
已是新坟化旧塚
痛心整三秋
一把香烟升空时
空对墓桌一席珍馐
寒风起处枯叶飞
更添儿女几多愁
愁上加愁
思念不能收
休、休、休

读书上心头
喝一杯龙井
叹一声黛玉

有泪却向水泊流

说一回武松

念一阵岳飞

诸葛计谋何时休

看一眼秋雨

怕一日早霜

万千农夫怎收秋

合字戏说朱元璋

一人独大

人曾为僧

千里反复杀几重

驱逐鞑虏

单戈战军中

日落京都好风景

熬过多少日月

成就好一个大明

后记：
我为什么要写诗

从八岁开始，我经历了两年多的"停课闹革命"，孤独在家，无所适从。机缘所在，让我有机会偷看了《晋阳秋》，竖排版繁体字的《水浒传》《西游记》等当时是违禁的小说。

就是从我偷看《晋阳秋》的时候算起，有了什么时候能把自己的文字变成书的奢望了。

因为在最需要培养社交能力的年龄，我把社交能力和技巧都交给了锅台上的锅碗瓢盆、菜板刀叉；在两年时间里基本不和同龄人来往，所以复课之后我就少言寡语了，有很长一段时间，我的心灵基本都是处于半自闭的状态。这个时间段好像是从小学三年级一直延续到初中二年级。

近乎自卑的心态是我那时候生活中的常态。

上到初中三年级开学后不久，本来是给其他班级代课的文质彬彬、儒雅的王世堪老师，却因故给我们班代了几个月的语文课。他每次讲课后都会让我们每一个学生起立、单独朗诵课文，无一人能够逃脱。几节课下来，也不知他发现了我有什么长处，竟然让我和同班几个异常优秀的同学一起，参加了由他发起成立的年级朗诵组去学习朗诵。经过王世堪老师指点培训之后，我们每人必须要背诵会两首以上的诗歌，以备"热烈掌声"之后再加朗诵一首的需要。

朗诵组同学集体在王世堪老师组织带领下，到全校各个年级表演朗诵，以此达到提高语文课的教与学水平。有时，竟然是大张旗鼓地设立分会场进行大规模的朗诵活动。每到这时在主会场里，有学校指定特派的师生和校领导现场观摩，同时全校有线广播现场直播，各个班都会组织在教室里收听。

一向见人脸红、说话懦弱不会与人交流的我，被王世堪老师激发起了走到舞台中央的信心和勇气；我能和学习特别优秀的同学站在后来恢复称号为"吉林省实验中学"大礼堂的舞台上；并且非常荣耀地和长春电影制片厂孙熬、陈汝斌、潘淑兰、陆小雅等知名配音演员同台朗诵诗歌和散文，他们（她们）可是把声音传遍全中国的人呢。一年一度，我参加了两度，然后就毕业离开了母校。

从那时起，我就真心热爱上了朗诵艺术、热爱上了诗歌；由此也热爱上了贺敬之、魏巍、刘白羽、张永枚……受他们影响，我开始有心效仿他们的诗歌风格去写诗，这些爱好也就成了我孜孜不倦精神世界里的柴米油盐酱醋茶。

为此，我要终身感谢王世堪老师，是他让

我摆脱了自卑，是他让我的人生脱胎换骨。是诗歌挽救了我。1975年长春一别，再也无缘与恩师谋面。

因为我的户籍变迁，四十年后才听发小同学说：八十年代、王世堪老师在出任巴山蜀水之地教育厅长之后，已经作古，仙逝多年矣。不禁悲从中来、摘肝裂胆的心痛。

写诗是我的业余爱好，却从来没有什么大的长进。

都说武无第二、文无第一。我写诗的水平，永远处在文字擂台之后，又隔山跨海之后的，之后的之后。

距今约六七年前，因为我满头华发还在执着涂鸦，所以惭愧地受邀红着脸挤进了左权县文学艺术联合会，充当了一名没有成名之作的会员。在这里结识了一大批文学爱好者，在文化沙龙里我们又集结在了左权诗歌协会的旗帜下，经常参与大家的各种活动，他们的青春气息蓬勃了我花甲的心。

我们一起采风，一起踏马科尔沁草原，一起嗅青海湖的风，一起去登顶太行山夜住日月星，一起薄酒煮茶论诗文……

他们活跃的思维与对当代诗坛诗风的把握，确实影响了我，尤其是左权诗歌掌门人崔志军"强迫"我们每人一周一首、一天一首、一天几首理解诗、动手写诗，聚会聚餐研究诗、评论诗。经过一段时间的历练，终于让我在坚持了多年的所谓"老干体"诗歌里跳出一些，或多或少地改变和提高了一些诗的质量，有了一些与时代贴近的文字表达。

我们在一起的时候曾多次议论起，我们是否可以把自己写的、自以为还比较满意的诗歌词赋进行整理出版一套诗歌集。

近来，在乔叶、崔志军等朋友的倡导努力下；在左权文联和中国外文局罗南杰同志支持鼓励下；我们终于有了发表自己"诗作"的机会。我把这几年自己积攒下来没有丢失的长短句，分了五大类别，冠以《十字岭的山花》的书名，发表成书。

再一次感谢上述提到的我生命中的贵人和单位。

特别感谢享誉天下、德艺双馨的国家一级演员、著名导演郭凯敏先生。我们因他的左权红色之旅而有幸相识，并逐步相知，感谢郭老师在百忙之中为本书前言耐心作序。

感谢每一位与我相知、相识、相遇的朋友；你们是摆渡我通关过河的舟车。

打过一次招呼，就是知遇之恩。

了却一桩心愿，也是人生一大幸事。在本书付梓之日，当举杯邀青春、洄游梦之旅。

既然梦想旅程在此有一驿站，便只管收缰系马，要一碟子花生米上二两老白干。翻书看画，养一夜心目，明日只管牵马挑担再去走一遭新的离关过境。

前方是又一程书山学海。

本册诗集，原来书名确定为《敬礼·丁304》；书名取自本书其中一首诗的名字，核心反映少年时的我，对唐山大地震发生之后，我父亲所在部队及时出动，积极参加抗震救灾所展现出，人民军队一切行动为人民，留给我的深刻记忆。

诗书确名后，特别邀请国家一级演员、著名导演郭凯敏先生为书作序。

郭凯敏老师在百忙之中阅读初稿后，挥毫畅书、尽意点评，不乏溢美之词与中肯评说。

后因定稿出书，深研书意，感觉应该更加深刻反映，我所在的、以英雄名字命名的、红色革命老区左权县历史和今天精神风貌，才能更加深刻反映出版本套诗集的现实意义。

所以，最终确定本诗集更名为《十字岭的山花》。

因为郭凯敏老师在国内工作活动，南来北往、跨地域行动频繁，不便于再次请郭老师重新作序，因此仍然选择郭凯敏先生的原序为序。

特别再次致谢郭凯敏先生，并加以说明。

韩建忠

2023 年 7 月 22 日

跋：
歌飞太行情意长

诗因歌而生，三千多年前的《诗经》是唱出来的。诗是心灵飞出的歌，我们今天捧出的这套丛书《歌飞太行》，就是九位本土作者对生活、对真情的吟唱，对祖国、对家乡的赞颂，是飞扬在太行山巅、清漳河畔的一曲曲动听的歌谣。

这是左权文坛的大喜事，是左权文学艺术界的盛事，也是左权县文化事业上令人振奋的新的里程碑。恰如毛泽东《咏梅》诗云："待到山花烂漫时，她在丛中笑。"在这里，烂漫的"山花"，即九位作者的九部诗集；报春的"梅花"，即中国外文局委派来左权挂职的罗南杰等同志。

中国外文局帮扶左权十多年来，为左权办了很多实事。罗南杰同志挂职桐峪镇党委副书记两年来，负责教育、文旅等多方面工作，成绩斐然。他常年在乡下，与农民打成一片，在工地上，人们常常以为他是一个地地道道的"农民工"，乡亲们都把他当成贴心人，遇到难事都会想到"去找罗书记",罗书记就是这样一位古道热肠的人。当他发现左权这片集红色历史与绿色文旅于一体的热土上,有这样一群勤奋的诗歌创作者,一首首来自生活最底层的诗歌,透射着人性的真善美,折射出他们对家乡、对祖国的挚爱,对社会、对人生的思考,是诗歌照亮了他们的精神世界。他感动之余,主动到县文联了解情况,得知他们有的处于工薪阶层,有的为生活东奔西忙,甚至有的生活还很困难,平时辛勤创作积累的大量诗稿,因囊中羞涩难以积集成书。罗书记决定伸出援手扶持他们,也为左权的繁荣兴盛注入丰富的文化内涵和勃勃生机。他将此事向中国外文局领导作了汇报,经多次沟通,终于达成这次助力圆梦行动。与此同时,他多次和作者们坐到一起,就诗集的宗旨、内容进行详尽指导,有着军人情怀、诗人文采的他,很快与这群乡土诗人成为莫逆之交。

在此期间,九位诗作者快马加鞭,收集整理诗稿。为了让每首诗更精炼、更妥贴,他们在原创作的基础上夜以继日地仔细打磨,相互切磋,经过四个多月的精雕细琢,这套丛书终于收官。

在成书过程中,县委、县政府及宣传部领导高度重视,多次关注此事,鼓励作者扎根泥土、扎根人民，创作出无愧于家国的优秀作品。在此，诚挚感谢各位领导的大力支持！同时，感谢的还有：已近耄耋之年的原县作协主席张基祥先生和县文联原主席孟振先女士，以及多位热心人士，他们多次给予丛书悉心指导。

这九部诗集，反映了左权文学事业向上向好发展的强劲势头，也让我们认识了太行山怀抱里这群可爱的垦荒诗人，他们有担当，有情怀，体现了厚重的太行精神。他们的作品充溢着浓郁的乡土气息和诗情画意。但由于这样那样的局限，在个性化的诗歌创作中，丛书在一定程度上还存在诸多不足，敬请广大读者理解包容，批评指正。

于此，左权县文联携九位作者，向中国外文局的各位领导致以崇高的敬意！向新星出版社的各位编审老师致以诚挚的感谢！诸君的伯乐之举，圆了这群乡土诗人的文学梦，为享誉世界的民歌之乡留下浓墨重彩的一笔。同时希望更多的诗歌爱好者以此为契机，热爱生活，潜心创作，在这片有着《诗经》余韵的文化厚土上纵情驰骋，引吭高歌！

左权县文学艺术界联合会

2023 年 5 月